EinFach
Deutsch

Annette von Droste-Hülshoff

Die Judenbuche

Ein Sittengemälde aus dem
gebirgigten Westfalen

Herausgegeben und mit
Anmerkungen versehen
von Johannes Diekhans
und Doris Hönes

Bildnachweis:
|akg-images GmbH, Berlin: 62, 63. |Horst-Dieter Krus, Brakel: 68. |LWL Museum für Kunst und Kultur (Westfälisches Landesmuseum), Münster: 65. |Zeitungsverlag Neue Westfälische, Bielefeld: Martin Lange 75.

westermann GRUPPE

© 1998 Ferdinand Schöningh, Paderborn

© ab 2004 Bildungshaus SchulbuchverlageWestermann
Schroedel Diesterweg Schöningh Winklers GmbH,
Georg-Westermann-Allee 66, 38104 Braunschweig
www.westermann.de

Druck A[23] / Jahr 2022
Alle Drucke der Serie A sind im Unterricht parallel verwendbar.

Umschlaggestaltung: Jennifer Kirchhof
Druck und Bindung: Westermann Druck Zwickau GmbH,
Crimmitschauer Straße 43, 08058 Zwickau

ISBN 978-3-14-**022271**-6

Annette von Droste-Hülshoff: Die Judenbuche

Wo ist die Hand so zart, dass ohne Irren
Sie sondern[1] mag beschränkten Hirnes Wirren,
So fest, dass ohne Zittern sie den Stein
Mag schleudern auf ein arm verkümmert Sein?
5 Wer wagt es, eitlen Blutes Drang zu messen,
Zu wägen[2] jedes Wort, das unvergessen
In junge Brust die zähen Wurzeln trieb,
Des Vorurteils geheimen Seelendieb?
Du Glücklicher, geboren und gehegt
10 Im lichten[3] Raum, von frommer Hand gepflegt,
Leg hin die Waagschal[4], nimmer dir erlaubt!
Lass ruhn den Stein – er trifft dein eignes Haupt!–[5]

---

[1] aussondern, auslesen, sich distanzieren von
[2] einschätzen, beurteilen
[3] hellen
[4] Symbol des Richtens
[5] Das Eingangsgedicht enthält mehrere Bezüge zum Neuen Testament, u. a.: Joh. 8,7; Mt. 7,1-2; Mk. 4,2-4; Jak. 4,12; Röm. 2,1 u. 14,4

Friedrich Mergel, geboren 1738, war der einzige Sohn eines sogenannten Halbmeiers[1] oder Grundeigentümers geringerer Klasse im Dorfe B.[2], das, so schlecht gebaut und rauchig es sein mag, doch das Auge jedes Reisenden fesselt durch die überaus malerische Schönheit seiner Lage in der grünen Waldschlucht eines bedeutenden und geschichtlich merkwürdigen Gebirges[3]. Das Ländchen, dem es angehörte, war damals einer jener abgeschlossenen Erdwinkel ohne Fabriken und Handel, ohne Heerstraßen, wo noch ein fremdes Gesicht Aufsehen erregte und eine Reise von dreißig Meilen selbst den Vornehmeren zum Ulysses[4] seiner Gegend machte – kurz, ein Fleck, wie es deren sonst so viele in Deutschland gab, mit all den Mängeln und Tugenden, all der Originalität und Beschränktheit, wie sie nur in solchen Zuständen gedeihen. Unter höchst einfachen und häufig unzulänglichen Gesetzen waren die Begriffe der Einwohner von Recht und Unrecht einigermaßen in Verwirrung geraten, oder vielmehr, es hatte sich neben dem gesetzlichen ein zweites Recht gebildet, ein Recht der öffentlichen Meinung, der Gewohnheit und der durch Vernachlässigung entstandenen Verjährung. Die Gutsbesitzer, denen die niedere Gerichtsbarkeit[5] zustand, straf-

---

[1] Bauer, der seinem Grundherrn Abgaben (Getreide und Vieh) und Pflugdienste zu leisten hatte. Je nach Besitz unterschied man Vollmeier, Halbmeier und Viertelmeier.

[2] Das Dorf Bellersen in der Nähe von Brakel gehörte zum Fürstbistum Paderborn.

[3] Anspielung auf den Teutoburger Wald, wo die Varus-Schlacht (9 n. Chr.) stattfand.

[4] Odysseus, griechischer Held, der nach dem Kampf um Troja erst nach zehnjähriger Irrfahrt seine Heimat erreichte. Von seiner Amme wurde er an einer Narbe erkannt.

[5] Der Gutsherr entschied in weniger gewichtigen Rechtsfällen wie Holzdiebstahl, Schlägerei, Beleidigung nach eigenem Ermessen (Patrimonialgerichtsbarkeit). Zudem war er befugt, polizeiliche Verordnungen zu erlassen und ihre Einhaltung zu kontrollieren. Für die hohe bzw. Blutsgerichtsbarkeit war der Landesherr, in diesem Fall der Fürstbischof von Paderborn, zuständig. In Fällen dieser Art hatte der Gutsherr jedoch die Voruntersuchungen durchzuführen.

ten und belohnten nach ihrer in den meisten Fällen red-
lichen Einsicht; der Untergebene tat, was ihm ausführ-
bar und mit einem etwas weiten Gewissen verträglich
schien, und nur dem Verlierenden fiel es zuweilen ein, in
⁵ alten staubigten Urkunden nachzuschlagen. – Es ist
schwer, jene Zeit unparteiisch ins Auge zu fassen; sie ist
seit ihrem Verschwinden entweder hochmütig getadelt
oder albern gelobt worden, da den, der sie erlebte, zu
viel teure Erinnerungen blenden und der Spätergebore-
¹⁰ ne sie nicht begreift. So viel darf man indessen behaup-
ten, dass die Form schwächer, der Kern fester, Vergehen
häufiger, Gewissenlosigkeit seltener waren. Denn wer
nach seiner Überzeugung handelt, und sei sie noch so
mangelhaft, kann nie ganz zugrunde gehen, wogegen
¹⁵ nichts seelentötender wirkt, als gegen das innere Rechts-
gefühl das äußere Recht in Anspruch nehmen.
Ein Menschenschlag, unruhiger und unternehmender
als alle seine Nachbarn, ließ in dem kleinen Staate[1], von
dem wir reden, manches weit greller hervortreten als
²⁰ anderswo unter gleichen Umständen. Holz- und Jagd-
frevel waren an der Tagesordnung, und bei den häufig
vorfallenden Schlägereien hatte sich jeder selbst seines
zerschlagenen Kopfes zu trösten. Da jedoch große und
ergiebige Waldungen den Hauptreichtum des Landes
²⁵ ausmachten, ward allerdings scharf über die Forsten
gewacht, aber weniger auf gesetzlichem Wege, als in
stets erneuten Versuchen, Gewalt und List mit gleichen
Waffen zu überbieten.
Das Dorf B. galt für die hochmütigste, schlauste und
³⁰ kühnste Gemeinde des ganzen Fürstentums. Seine Lage
inmitten tiefer und stolzer Waldeinsamkeit mochte
schon früh den angeborenen Starrsinn der Gemüter
nähren; die Nähe eines Flusses[2], der in die See[3] mün-
dete und bedeckte Fahrzeuge trug, groß genug, um
³⁵ Schiffbauholz bequem und sicher außer Land zu
führen, trug sehr dazu bei, die natürliche Kühnheit der

---

[1] Fürstbistum Paderborn
[2] Weser, ca. 15 km von Bellersen entfernt
[3] Nordsee

Holzfrevler zu ermutigen, und der Umstand, dass alles umher von Förstern wimmelte, konnte hier nur aufregend wirken, da bei den häufig vorkommenden Scharmützeln[1] der Vorteil meist auf Seiten der Bauern blieb. Dreißig, vierzig Wagen zogen zugleich aus in den schönen Mondnächten mit ungefähr doppelt so viel Mannschaft jedes Alters, vom halbwüchsigen Knaben bis zum siebzigjährigen Ortsvorsteher, der als erfahrener Leitbock den Zug mit gleich stolzem Bewusstsein anführte, als er seinen Sitz in der Gerichtsstube einnahm. Die Zurückgebliebenen horchten sorglos dem allmählichen Verhallen des Knarrens und Stoßens der Räder in den Hohlwegen und schliefen sacht weiter. Ein gelegentlicher Schuss, ein schwacher Schrei ließen wohl einmal eine junge Frau oder Braut auffahren; kein anderer achtete darauf. Beim ersten Morgengrau kehrte der Zug ebenso schweigend heim, die Gesichter glühend wie Erz, hier und dort einer mit verbundenem Kopf, was weiter nicht in Betracht kam, und nach ein paar Stunden war die Umgebung voll von dem Missgeschick eines oder mehrerer Forstbeamten, die aus dem Walde getragen wurden, zerschlagen, mit Schnupftabak geblendet und für einige Zeit unfähig, ihrem Berufe nachzukommen.

In diesen Umgebungen ward Friedrich Mergel geboren, in einem Hause, das durch die stolze Zugabe eines Rauchfangs und minder[2] kleiner Glasscheiben die Ansprüche seines Erbauers sowie durch seine gegenwärtige Verkommenheit die kümmerlichen Umstände des jetzigen Besitzers bezeugte. Das frühere Geländer um Hof und Garten war einem vernachlässigten Zaune gewichen, das Dach schadhaft, fremdes Vieh weidete auf den Triften[3], fremdes Korn wuchs auf dem Acker zunächst am Hofe und der Garten enthielt, außer ein paar holzigen Rosenstöcken aus besserer Zeit, mehr Unkraut als Kraut. Freilich hatten Unglücksfälle manches hiervon

---

[1] kleineres Gefecht
[2] weniger klein, nicht ganz klein
[3] Wiesen und Weiden

herbeigeführt; doch war auch viel Unordnung und böse Wirtschaft im Spiel. Friedrichs Vater, der alte Hermann Mergel, war in seinem Junggesellenstande ein sogenannter ordentlicher Säufer, d. h. einer, der nur an Sonn- und Festtagen in der Rinne lag und die Woche hindurch so manierlich war wie ein anderer. So war denn auch seine Bewerbung um ein recht hübsches und wohlhabendes Mädchen ihm nicht erschwert. Auf der Hochzeit ging's lustig zu. Mergel war gar nicht zu arg betrunken, und die Eltern der Braut gingen abends vergnügt[1] heim; aber am nächsten Sonntage sah man die junge Frau schreiend und blutrünstig[2] durchs Dorf zu den Ihrigen rennen, alle ihre guten Kleider und neues Hausgerät im Stich lassend. Das war freilich ein großer Skandal und Ärger für Mergel, der allerdings Trostes bedurfte. So war denn auch am Nachmittage keine Scheibe an seinem Hause mehr ganz, und man sah ihn noch bis spät in die Nacht vor der Türschwelle liegen, einen abgebrochenen Flaschenhals von Zeit zu Zeit zum Munde führend und sich Gesicht und Hände jämmerlich zerschneidend. Die junge Frau blieb bei ihren Eltern, wo sie bald verkümmerte und starb. Ob nun den Mergel Reue quälte oder Scham, genug, er schien der Trostmittel immer bedürftiger und fing bald an, den gänzlich verkommenen Subjekten zugezählt zu werden.

Die Wirtschaft verfiel; fremde Mägde brachten Schimpf und Schaden; so verging Jahr auf Jahr. Mergel war und blieb ein verlegener[3] und zuletzt ziemlich armseliger Witwer, bis er mit einem Male wieder als Bräutigam auftrat. War die Sache an und für sich unerwartet, so trug die Persönlichkeit der Braut noch dazu bei, die Verwunderung zu erhöhen. Margret Semmler war eine brave, anständige Person, so in den Vierzigen, in ihrer Jugend eine Dorfschönheit und noch jetzt als sehr klug und wirtlich[4] geachtet, dabei nicht unvermögend; und so

---

[1] hier: zufrieden
[2] hier: blutend
[3] hier: untätig, träge
[4] sparsam, haushälterisch

musste es jedem unbegreiflich sein, was sie zu diesem Schritte getrieben. Wir glauben den Grund eben in dieser ihrer selbstbewussten Vollkommenheit zu finden. Am Abend vor der Hochzeit soll sie gesagt haben: „Eine Frau, die von ihrem Manne übel behandelt wird, ist dumm oder taugt nicht: Wenn's mir schlecht geht, so sagt, es liege an mir." Der Erfolg zeigte leider, dass sie ihre Kräfte überschätzt hatte. Anfangs imponierte sie ihrem Manne; er kam nicht nach Haus oder kroch in die Scheune, wenn er sich übernommen hatte; aber das Joch war zu drückend, um lange getragen zu werden, und bald sah man ihn oft genug quer über die Gasse ins Haus taumeln, hörte drinnen sein wüstes Lärmen und sah Margret eilends Tür und Fenster schließen. An einem solchen Tage – keinem Sonntage mehr – sah man sie abends aus dem Hause stürzen, ohne Haube und Halstuch, das Haar wild um den Kopf hängend, sich im Garten neben ein Krautbeet niederwerfen und die Erde mit den Händen aufwühlen, dann ängstlich um sich schauen, rasch ein Bündel Kräuter brechen und damit langsam wieder dem Hause zugehen, aber nicht hinein, sondern in die Scheune. Es hieß, an diesem Tage habe Mergel zuerst Hand an sie gelegt, obwohl das Bekenntnis nie über ihre Lippen kam.

Das zweite Jahr dieser unglücklichen Ehe ward mit einem Sohne, man kann nicht sagen erfreut, denn Margret soll sehr geweint haben, als man ihr das Kind reichte. Dennoch, obwohl unter einem Herzen voll Gram getragen, war Friedrich ein gesundes, hübsches Kind, das in der frischen Luft kräftig gedieh. Der Vater hatte ihn sehr lieb, kam nie nach Hause, ohne ihm ein Stückchen Wecken[1] oder dergleichen mitzubringen, und man meinte sogar, er sei seit der Geburt des Knaben ordentlicher geworden; wenigstens ward der Lärmen[2] im Hause geringer.

---

[1] längliches Weizenbrötchen, Semmel
[2] für: das Lärmen

Friedrich stand in seinem neunten Jahre. Es war um das Fest der Heiligen Drei Könige[1], eine harte, stürmische Winternacht. Hermann war zu einer Hochzeit gegangen und hatte sich schon beizeiten auf den Weg gemacht, da das Brauthaus Dreiviertelmeilen entfernt lag. Obgleich er versprochen hatte, abends wiederzukommen, rechnete Frau Mergel doch umso weniger darauf, da sich nach Sonnenuntergang dichtes Schneegestöber eingestellt hatte. Gegen zehn Uhr schürte sie die Asche am Herde zusammen und machte sich zum Schlafengehen bereit. Friedrich stand neben ihr, schon halb entkleidet, und horchte auf das Geheul des Windes und das Klappen der Bodenfenster.

„Mutter, kommt der Vater heute nicht?", fragte er. – „Nein, Kind, morgen." – „Aber warum nicht, Mutter? Er hat's doch versprochen." – „Ach Gott, wenn der alles hielte, was er verspricht! Mach, mach voran, dass du fertig wirst."

Sie hatten sich kaum niedergelegt, so erhob sich eine Windsbraut[2], als ob sie das Haus mitnehmen wollte. Die Bettstatt bebte und im Schornstein rasselte es wie ein Kobold. – „Mutter – es pocht draußen!" – „Still, Fritzchen, das ist das lockere Brett im Giebel, das der Wind jagt." – „Nein, Mutter, an der Tür!" – „Sie schließt nicht; die Klinke ist zerbrochen. Gott, schlaf doch! Bring mich nicht um das armselige bisschen Nachtruhe." – „Aber wenn nun der Vater kommt?" – Die Mutter drehte sich heftig im Bett um. – „Den hält der Teufel fest genug!" – „Wo ist der Teufel, Mutter?" – „Wart, du Unrast[3]! Er steht vor der Tür und will dich holen, wenn du nicht ruhig bist!"

Friedrich ward still; er horchte noch ein Weilchen und schlief dann ein. Nach einigen Stunden erwachte er. Der

---

[1] Im Volksglauben galten die Nächte zwischen Weihnachten und dem Dreikönigsfest als sogenannte Raunächte, in denen Geister umherzogen. Die Nacht zum 6. Januar wurde als besonders bedrohlich angesehen.

[2] Wirbelwind

[3] unruhiges Kind

Wind hatte sich gewendet und zischte jetzt wie eine Schlange durch die Fensterritze an seinem Ohr. Seine Schulter war erstarrt; er kroch tief unters Deckbett und lag aus Furcht ganz still. Nach einer Weile bemerkte er, dass die Mutter auch nicht schlief. Er hörte sie weinen und mitunter: „Gegrüßt seist du, Maria!" und: „Bitte für uns arme Sünder!" Die Kügelchen des Rosenkranzes glitten an seinem Gesicht hin. – Ein unwillkürlicher Seufzer entfuhr ihm. – „Friedrich, bist du wach?" – „Ja, Mutter." – „Kind, bete ein wenig – du kannst ja schon das halbe Vaterunser – dass Gott uns bewahre vor Wasser- und Feuersnot."

Friedrich dachte an den Teufel, wie der wohl aussehen möge. Das mannigfache Geräusch und Getöse im Hause kam ihm wunderlich vor. Er meinte, es müsse etwas Lebendiges drinnen sein und draußen auch. „Hör, Mutter, gewiss, da sind Leute, die pochen." „Ach nein, Kind; aber es ist kein altes Brett im Hause, das nicht klappert." – „Hör! Hörst du nicht? Es ruft! Hör doch!"

Die Mutter richtete sich auf; das Toben des Sturms ließ einen Augenblick nach. Man hörte deutlich an den Fensterladen pochen und mehrere Stimmen: „Margret! Frau Margret, heda, aufgemacht!" – Margret stieß einen heftigen Laut aus: „Da bringen sie mir das Schwein wieder!"

Der Rosenkranz flog klappernd auf den Brettstuhl, die Kleider wurden herbeigerissen. Sie fuhr zum Herde, und bald darauf hörte Friedrich sie mit trotzigen Schritten über die Tenne[1] gehen. Margret kam gar nicht wieder; aber in der Küche war viel Gemurmel und fremde Stimmen. Zweimal kam ein fremder Mann in die Kammer und schien ängstlich etwas zu suchen. Mit einem Male ward eine Lampe hereingebracht. Zwei Männer führten die Mutter. Sie war weiß wie Kreide und hatte die Augen geschlossen. Friedrich meinte, sie sei tot; er erhob ein fürchterliches Geschrei, worauf ihm jemand eine Ohrfeige gab, was ihn zur Ruhe brachte, und nun begriff er nach und nach aus den Reden der Umstehen-

---

[1] Diele, breiter, gepflasterter Mittelraum im Bauernhaus

den, dass der Vater vom Ohm[1] Franz Semmler und dem Hülsmeyer tot im Holze gefunden sei und jetzt in der Küche liege.

Sobald Margret wieder zur Besinnung kam, suchte sie die fremden Leute loszuwerden. Der Bruder blieb bei ihr, und Friedrich, dem bei strenger Strafe im Bett zu bleiben geboten war, hörte die ganze Nacht hindurch das Feuer in der Küche knistern und ein Geräusch wie von Hin- und Herrutschen und Bürsten. Gesprochen ward wenig und leise, aber zuweilen drangen Seufzer herüber, die dem Knaben, so jung er war, durch Mark und Bein gingen. Einmal verstand er, dass der Oheim sagte: „Margret, zieh dir das nicht zu Gemüt; wir wollen jeder drei Messen lesen lassen, und um Ostern gehen wir zusammen eine Bittfahrt zur Muttergottes von Werl[2]."

Als nach zwei Tagen die Leiche fortgetragen wurde, saß Margret am Herde, das Gesicht mit der Schürze verhüllend. Nach einigen Minuten, als alles still geworden war, sagte sie in sich hinein: „Zehn Jahre, zehn Kreuze[3]. Wir haben sie doch zusammen getragen und jetzt bin ich allein!", dann lauter: „Fritzchen, komm her!" – Friedrich kam scheu heran; die Mutter war ihm ganz unheimlich geworden mit den schwarzen Bändern[4] und den verstörten Zügen. „Fritzchen", sagte sie, „willst du jetzt auch fromm sein, dass ich Freude an dir habe, oder willst du unartig sein und lügen oder saufen und stehlen?" – „Mutter, Hülsmeyer stiehlt." – „Hülsmeyer? Gott bewahre! Soll ich dir auf den Rücken kommen? Wer sagt dir so schlechtes Zeug?" – „Er hat neulich den Aaron geprügelt und ihm sechs Groschen genommen." – „Hat er dem Aaron Geld genommen, so hat ihn der verfluchte Jude gewiss zuvor darum betrogen. Hülsmeyer ist ein ordentlicher, angesessener Mann und die Juden sind alle Schelme[5]." –

---

[1] Onkel, Oheim
[2] westfälischer Wallfahrtsort
[3] bildlich für Mühen, Lasten
[4] Teil der Trauerkleidung, Mütze mit schwarzen Bändern
[5] hier: Betrüger

„Aber, Mutter, Brandis sagt auch, dass er Holz und Rehe stiehlt." – „Kind, Brandis ist ein Förster." – „Mutter, lügen die Förster?"

Margret schwieg eine Weile; dann sagte sie: „Höre, Fritz, das Holz lässt unser Herrgott frei wachsen und das Wild wechselt aus eines Herren Lande in das andere; die können niemand angehören. Doch das verstehst du noch nicht; jetzt geh in den Schoppen[1] und hole mir Reisig."

Friedrich hatte seinen Vater auf dem Stroh gesehen, wo er, wie man sagt, blau und fürchterlich ausgesehen haben soll. Aber davon erzählte er nie und schien ungern daran zu denken. Überhaupt hatte die Erinnerung an seinen Vater eine mit Grausen gemischte Zärtlichkeit in ihm zurückgelassen, wie denn nichts so fesselt wie die Liebe und Sorgfalt eines Wesens, das gegen alles Übrige verhärtet scheint, und bei Friedrich wuchs dieses Gefühl mit den Jahren, durch das Gefühl mancher Zurücksetzung von Seiten anderer. Es war ihm äußerst empfindlich, wenn, solange er Kind war, jemand des Verstorbenen nicht allzu löblich gedachte; ein Kummer, den ihm das Zartgefühl der Nachbarn nicht ersparte. Es ist gewöhnlich in jenen Gegenden, den Verunglückten die Ruhe im Grabe abzusprechen[2]. Der alte Mergel war das Gespenst des Brederholzes[3] geworden; einen Betrunkenen führte er als Irrlicht bei einem Haar in den Zellerkolk (Teich); die Hirtenknaben, wenn sie nachts bei ihren Feuern kauerten und die Eulen in den Gründen schrien, hörten zuweilen in abgebrochenen Tönen ganz deutlich dazwischen sein: „Hör mal an, fein's Lieseken!" Und ein unprivilegierter Holzhauer[4], der unter der breiten Eiche eingeschlafen und dem es darüber Nacht geworden war, hatte beim Erwachen sein geschwollenes blaues Gesicht durch die Zweige lauschen sehen. Friedrich musste von

---

[1] Scheune, Schuppen
[2] Nach dem Volksglauben wurde zum Gespenst (Wiedergänger), wer ohne Beichte und Absolution gestorben war.
[3] Waldgebiet zwischen Bellersen und Bredenborn
[4] jemand, der widerrechtlich Holz schlägt

andern Knaben vieles darüber hören; dann heulte er, schlug um sich, stach auch einmal mit seinem Messerchen und wurde bei dieser Gelegenheit jämmerlich geprügelt. Seitdem trieb er seiner Mutter Kühe allein an das andere Ende des Tales, wo man ihn oft stundenlang in derselben Stellung im Grase liegen und den Thymian aus dem Boden rupfen sah.

Er war zwölf Jahre alt, als seine Mutter einen Besuch von ihrem jüngern Bruder erhielt, der in Brede[1] wohnte und seit der törichten Heirat seiner Schwester ihre Schwelle nicht betreten hatte. Simon Semmler war ein kleiner, unruhiger, magerer Mann mit vor dem Kopf liegenden Fischaugen und überhaupt einem Gesicht wie ein Hecht, ein unheimlicher Geselle, bei dem dicktuende Verschlossenheit oft mit ebenso gesuchter Treuherzigkeit wechselte, der gern einen aufgeklärten Kopf vorgestellt hätte und stattdessen für einen fatalen[2], Händel suchenden Kerl galt, dem jeder umso lieber aus dem Wege ging, je mehr er in das Alter trat, wo ohnehin beschränkte Menschen leicht an Ansprüchen gewinnen, was sie an Brauchbarkeit verlieren. Dennoch freute sich die arme Margret, die sonst keinen der Ihrigen mehr am Leben hatte.

„Simon, bist du da?", sagte sie und zitterte, dass sie sich am Stuhle halten musste. „Willst du sehen, wie es mir geht und meinem schmutzigen Jungen?" – Simon betrachtete sie ernst und reichte ihr die Hand: „Du bist alt geworden, Margret!" – Margret seufzte: „Es ist mir derweil oft bitterlich gegangen mit allerlei Schicksalen." – „Ja, Mädchen, zu spät gefreit, hat immer gereut! Jetzt bist du alt und das Kind ist klein. Jedes Ding hat seine Zeit. Aber wenn ein altes Haus brennt, dann hilft kein Löschen." – Über Margrets vergrämtes Gesicht flog eine Flamme so rot wie Blut.

„Aber ich höre, dein Junge ist schlau und gewichst[3]", fuhr Simon fort. – „Ei nun, so ziemlich, und dabei

---

[1] Bredenborn, Dorf mit Stadtrechten, nördlich von Bellersen gelegen
[2] widerwärtigen
[3] gerissen

fromm." – „Hm, 's hat mal einer eine Kuh gestohlen, der hieß auch Fromm. Aber er ist still und nachdenklich, nicht wahr? Er läuft nicht mit den andern Buben?" – „Er ist ein eigenes[1] Kind", sagte Margret wie für sich; „es ist nicht gut." Simon lachte hell auf: „Dein Junge ist scheu, weil ihn die andern ein paar Mal gut durchgedroschen haben. Das wird ihnen der Bursche schon wieder bezahlen. Hülsmeyer war neulich bei mir; der sagte, es ist ein Junge wie'n Reh."

Welcher Mutter geht das Herz nicht auf, wenn sie ihr Kind loben hört? Der armen Margret ward selten so wohl, jedermann nannte ihren Jungen tückisch und verschlossen. Die Tränen traten ihr in die Augen. „Ja, gottlob, er hat gerade Glieder." – „Wie sieht er aus?", fuhr Simon fort. – „Er hat viel von dir, Simon, viel."

Simon lachte: „Ei, das muss ein rarer[2] Kerl sein, ich werde alle Tage schöner. An der Schule soll er sich wohl nicht verbrennen. Du lässt ihn die Kühe hüten? Ebenso gut. Es ist doch nicht halb wahr, was der Magister sagt. Aber wo hütet er? Im Telgengrund? Im Roderholze? Im Teutoburger Wald? Auch des Nachts und früh?" – „Die ganzen Nächte durch; aber wie meinst du das?"

Simon schien dies zu überhören; er reckte den Hals zur Türe hinaus. „Ei, da kommt der Gesell! Vaterssohn! Er schlenkert gerade so mit den Armen wie dein seliger Mann. Und schau mal an! Wahrhaftig, der Junge hat meine blonden Haare!"

In der Mutter Züge kam ein heimliches, stolzes Lächeln; ihres Friedrichs blonde Locken und Simons rötliche Bürsten! Ohne zu antworten, brach sie einen Zweig von der nächsten Hecke und ging ihrem Sohne entgegen, scheinbar, eine träge Kuh anzutreiben, im Grunde aber, ihm einige rasche, halb drohende Worte zuzuraunen; denn sie kannte seine störrische Natur, und Simons Weise war ihr heute einschüchternder vorgekommen als je. Doch ging alles über Erwarten gut; Friedrich zeigte sich weder verstockt noch frech, viel-

---

[1] eigenwilliges
[2] seltener, kostbarer

mehr etwas blöde[1] und sehr bemüht, dem Ohm zu gefallen. So kam es denn dahin, dass nach einer halbstündigen Unterredung Simon eine Art Adoption des Knaben in Vorschlag brachte, vermöge deren er denselben zwar nicht gänzlich seiner Mutter entziehen, aber doch über den größten Teil seiner Zeit verfügen wollte, wofür ihm dann am Ende des alten Junggesellen Erbe zufallen solle, das ihm freilich ohnedies nicht entgehen konnte. Margret ließ sich geduldig auseinandersetzen, wie groß der Vorteil, wie gering die Entbehrung ihrerseits bei dem Handel sei. Sie wusste am besten, was eine kränkliche Witwe an der Hilfe eines zwölfjährigen Knaben entbehrt, den sie bereits gewöhnt hat, die Stelle einer Tochter zu ersetzen. Doch sie schwieg und gab sich in alles. Nur bat sie den Bruder, streng, doch nicht hart gegen den Knaben zu sein.

„Er ist gut", sagte sie, „aber ich bin eine einsame Frau; mein Kind ist nicht wie einer, über den Vaterhand regiert hat." Simon nickte schlau mit dem Kopf: „Lass mich nur gewähren, wir wollen uns schon vertragen, und weißt du was? Gib mir den Jungen gleich mit, ich habe zwei Säcke aus der Mühle zu holen; der kleinste ist ihm grad recht, und so lernt er, mir zur Hand gehen. Komm, Fritzchen, zieh deine Holzschuh an!" – Und bald sah Margret den beiden nach, wie sie fortschritten, Simon voran, mit seinem Gesicht die Luft durchschneidend, während ihm die Schöße des roten Rocks wie Feuerflammen nachzogen. So hatte er ziemlich das Ansehen eines feurigen Mannes, der unter dem gestohlenen Sacke büßt; Friedrich ihm nach, fein und schlank für sein Alter, mit zarten, fast edlen Zügen und langen blonden Locken, die besser gepflegt waren, als sein übriges Äußere erwarten ließ; übrigens zerlumpt, sonneverbrannt und mit dem Ausdruck der Vernachlässigung und einer gewissen rohen Melancholie in den Zügen. Dennoch war eine große Familienähnlichkeit beider nicht zu verkennen, und wie Friedrich so langsam seinem Führer nachtrat, die Blicke fest auf denselben ge-

---

[1] schüchtern

heftet, der ihn gerade durch das Seltsame seiner Erscheinung anzog, erinnerte er unwillkürlich an jemand, der in einem Zauberspiegel das Bild seiner Zukunft mit verstörter Aufmerksamkeit betrachtet.

Jetzt nahten die beiden sich der Stelle des Teutoburger Waldes, wo das Brederholz den Abhang des Gebirges niedersteigt und einen sehr dunklen Grund ausfüllt. Bis jetzt war wenig gesprochen worden. Simon schien nachdenkend, der Knabe zerstreut, und beide keuchten unter ihren Säcken. Plötzlich fragte Simon: „Trinkst du gern Branntwein?" – Der Knabe antwortete nicht. „Ich frage, trinkst du gern Branntwein? Gibt dir die Mutter zuweilen welchen?" – „Die Mutter hat selbst keinen", sagte Friedrich. – „So, so, desto besser! – Kennst du das Holz da vor uns?" – „Das ist das Brederholz." – „Weißt du auch, was darin vorgefallen ist?" – Friedrich schwieg. Indessen kamen sie der düstern Schlucht immer näher. „Betet die Mutter noch so viel?", hob Simon wieder an. – „Ja, jeden Abend zwei Rosenkränze." – „So? Und du betest mit?" – Der Knabe lachte halb verlegen mit einem durchtriebenen Seitenblick. – „Die Mutter betet in der Dämmerung vor dem Essen den einen Rosenkranz, dann bin ich meist noch nicht wieder da mit den Kühen, und den andern im Bette, dann schlaf ich gewöhnlich ein." – „So, so, Geselle!"

Diese letzten Worte wurden unter dem Schirme einer weiten Buche gesprochen, die den Eingang der Schlucht überwölbte. Es war jetzt ganz finster; das erste Mondviertel stand am Himmel, aber seine schwachen Schimmer dienten nur dazu, den Gegenständen, die sie zuweilen durch eine Lücke der Zweige berührten, ein fremdartiges Ansehen zu geben. Friedrich hielt sich dicht hinter seinem Ohm; sein Odem[1] ging schnell, und wer seine Züge hätte unterscheiden können, würde den Ausdruck einer ungeheuren, doch mehr phantastischen als furchtsamen Spannung darin wahrgenommen haben. So schritten beide rüstig voran, Simon mit dem festen Schritt des abgehärteten Wanderers, Friedrich

---

[1] Atem

schwankend und wie im Traum. Es kam ihm vor, als ob alles sich bewegte und die Bäume in den einzelnen Mondstrahlen bald zusammen- bald voneinander-schwankten. Baumwurzeln und schlüpfrige Stellen, wo
5 sich das Wegwasser gesammelt, machten seinen Schritt unsicher; er war einige Male nahe daran, zu fallen. Jetzt schien sich in einer Entfernung das Dunkel zu brechen, und bald traten beide in eine ziemlich große Lichtung. Der Mond schien klar hinein und zeigte, dass hier noch
10 vor kurzem die Axt unbarmherzig gewütet hatte. Über-all ragten Baumstümpfe hervor, manche mehrere Fuß über der Erde, wie sie gerade in der Eile am bequemsten zu durchschneiden gewesen waren; die verpönte[1] Arbeit musste unversehens unterbrochen worden sein, denn ei-
15 ne Buche lag quer über dem Pfad, in vollem Laube, ihre Zweige hoch über sich streckend und im Nachtwinde mit den noch frischen Blättern zitternd. Simon blieb ei-nen Augenblick stehen und betrachtete den gefällten Stamm mit Aufmerksamkeit. In der Mitte der Lichtung
20 stand eine alte Eiche, mehr breit als hoch; ein blasser Strahl, der durch die Zweige auf ihren Stamm fiel, zeig-te, dass er hohl sei, was ihn wahrscheinlich vor der all-gemeinen Zerstörung geschützt hatte. Hier ergriff Si-mon plötzlich des Knaben Arm.
25 „Friedrich, kennst du den Baum? Das ist die breite Ei-che." – Friedrich fuhr zusammen und klammerte sich mit kalten Händen an seinen Ohm. – „Sieh", fuhr Simon fort, „hier haben Ohm Franz und der Hülsmeyer deinen Vater gefunden, als er in der Betrunkenheit ohne Buße
30 und Ölung zum Teufel gefahren war." – „Ohm, Ohm!", keuchte Friedrich. – „Was fällt dir ein? Du wirst dich doch nicht fürchten? Satan von einem Jungen, du kneipst mir den Arm! Lass los, los!" – Er suchte den Knaben ab-zuschütteln. – „Dein Vater war übrigens eine gute Seele;
35 Gott wird's nicht so genau mit ihm nehmen. Ich hatt' ihn so lieb wie meinen eigenen Bruder." – Friedrich ließ den Arm seines Ohms los; beide legten schweigend den übrigen Teil des Waldes zurück, und das Dorf Brede lag

---

[1] hier: strafbare

vor ihnen, mit seinen Lehmhütten und den einzelnen
bessern Wohnungen von Ziegelsteinen, zu denen auch
Simons Haus gehörte.

Am nächsten Abend saß Margret schon seit einer Stunde
mit ihrem Rocken[1] vor der Tür und wartete auf ihren
Knaben. Es war die erste Nacht, die sie zugebracht hatte, ohne den Atem ihres Kindes neben sich zu hören,
und Friedrich kam noch immer nicht. Sie war ärgerlich
und ängstlich und wusste, dass sie beides ohne Grund
war. Die Uhr im Turm schlug sieben, das Vieh kehrte
heim; er war noch immer nicht da und sie musste aufstehen, um nach den Kühen zu schauen. Als sie wieder
in die dunkle Küche trat, stand Friedrich am Herde; er
hatte sich vornübergebeugt und wärmte die Hände an
den Kohlen. Der Schein spielte auf seinen Zügen und
gab ihnen ein widriges Ansehen von Magerkeit und
ängstlichem Zucken. Margret blieb in der Tennentür stehen, so seltsam verändert kam ihr das Kind vor.

„Friedrich, wie geht's dem Ohm?" – Der Knabe murmelte
einige unverständliche Worte und drängte sich dicht an
die Feuermauer. – „Friedrich, hast du das Reden verlernt?
Junge, tu das Maul auf! Du weißt ja doch, dass ich auf
dem rechten Ohr nicht gut höre." – Das Kind erhob seine
Stimme und geriet dermaßen ins Stammeln, dass Margret
es um nichts mehr begriff. – „Was sagst du? Einen Gruß
von Meister Semmler? Wieder fort? Wohin? Die Kühe
sind schon zu Hause. Verfluchter Junge, ich kann dich
nicht verstehen. Wart', ich muss einmal sehen, ob du keine Zunge im Munde hast!" – Sie trat heftig einige Schritte
vor. Das Kind sah zu ihr auf, mit dem Jammerblick eines
armen, halbwüchsigen Hundes, der Schildwacht stehen
lernt, und begann in der Angst mit den Füßen zu stampfen und den Rücken an der Feuermauer[2] zu reiben.

Margret stand still; ihre Blicke wurden ängstlich. Der
Knabe erschien ihr wie zusammengeschrumpft, auch seine Kleider waren nicht dieselben, nein, das war ihr Kind
nicht! Und dennoch – „Friedrich, Friedrich!", rief sie.

---

[1] Holzstab des Spinnrades, um den die Wolle gewunden wird
[2] gemauerte Einfassung der Feuerstelle

In der Schlafkammer klappte eine Schranktür und der Gerufene trat hervor, in der einen Hand eine sogenannte Holzschenvioline, d. h. einen alten Holzschuh, mit drei bis vier zerschabten Geigensaiten überspannt, in
5 der andern einen Bogen, ganz des Instruments würdig. So ging er gerade auf sein verkümmertes Spiegelbild zu, seinerseits mit einer Haltung bewusster Würde und Selbstständigkeit, die in diesem Augenblicke den Unterschied zwischen beiden sonst merkwürdig ähnlichen
10 Knaben stark hervortreten ließ.

„Da, Johannes!", sagte er und reichte ihm mit einer Gönnermiene das Kunstwerk; „da ist die Violine, die ich dir versprochen habe. Mein Spielen ist vorbei, ich muss jetzt Geld verdienen." – Johannes warf noch einmal einen
15 scheuen Blick auf Margret, streckte dann langsam seine Hand aus, bis er das Dargebotene fest ergriffen hatte, und brachte es wie verstohlen unter die Flügel seines armseligen Jäckchens.

Margret stand ganz still und ließ die Kinder gewähren.
20 Ihre Gedanken hatten eine andere, sehr ernste Richtung genommen, und sie blickte mit unruhigem Auge von einem auf den andern. Der fremde Knabe hatte sich wieder über die Kohlen gebeugt mit einem Ausdruck augenblicklichen Wohlbehagens, der an Albernheit
25 grenzte, während in Friedrichs Zügen der Wechsel eines offenbar mehr selbstischen[1] als gutmütigen Mitgefühls spielte und sein Auge in fast glasartiger Klarheit zum ersten Male bestimmt den Ausdruck jenes ungebändigten Ehrgeizes und Hanges zum Großtun zeigte, der nachher
30 als so starkes Motiv seiner meisten Handlungen hervortrat. Der Ruf seiner Mutter störte ihn aus Gedanken, die ihm ebenso neu als angenehm waren. Sie saß wieder am Spinnrade.

„Friedrich", sagte sie zögernd, „sag einmal –" und
35 schwieg dann. Friedrich sah auf und wandte sich, da er nichts weiter vernahm, wieder zu seinem Schützling.

„Nein, höre –" und dann leiser: „Was ist das für ein Jun-

---

[1] eigensüchtigen

ge? Wie heißt er?" – Friedrich antwortete ebenso leise: „Das ist des Ohms Simon Schweinehirt, der eine Botschaft an den Hülsmeyer hat. Der Ohm hat mir ein Paar Schuhe und eine Weste von Drillich[1] gegeben; die hat mir der Junge unterwegs getragen; dafür hab ich ihm meine Violine versprochen; er ist ja doch ein armes Kind; Johannes heißt er." – „Nun –?", sagte Margret. – „Was willst du, Mutter?" – „Wie heißt er weiter?" – „Ja – weiter nicht – oder, warte – doch: Niemand, Johannes Niemand heißt er. – Er hat keinen Vater", fügte er leiser hinzu.

Margret stand auf und ging in die Kammer. Nach einer Weile kam sie heraus mit einem harten, finstern Ausdruck in den Mienen. – „So, Friedrich", sagte sie, „lass den Jungen gehen, dass er seine Bestellung machen kann. – Junge, was liegst du da in der Asche? Hast du zu Hause nichts zu tun?" – Der Knabe raffte sich mit der Miene eines Verfolgten so eilfertig auf, dass ihm alle Glieder im Wege standen und die Holzschenvioline bei einem Haar ins Feuer gefallen wäre.

„Warte, Johannes", sagte Friedrich stolz, „ich will dir mein halbes Butterbrot geben, es ist mir doch zu groß, die Mutter schneidet allemal übers ganze Brot." – „Lass doch", sagte Margret, „er geht ja nach Hause." – „Ja, aber er bekommt nichts mehr; Ohm Simon isst um sieben Uhr." Margret wandte sich zu dem Knaben: „Hebt man dir nichts auf? Sprich, wer sorgt für dich?" – „Niemand", stotterte das Kind. – „Niemand?", wiederholte sie; „da nimm, nimm!", fügte sie heftig hinzu; „du heißt Niemand und niemand sorgt für dich! Das sei Gott geklagt! Und nun mach dich fort! Friedrich, geh nicht mit ihm, hörst du, geht nicht zusammen durchs Dorf." – „Ich will ja nur Holz holen aus dem Schuppen", antwortete Friedrich. – Als beide Knaben fort waren, warf sich Margret auf einen Stuhl und schlug die Hände mit dem Ausdruck des tiefsten Jammers zusammen. Ihr Gesicht war bleich wie ein Tuch. „Ein falscher Eid, ein falscher

---

[1] sehr dichtes Leinen- oder Baumwollgewebe für Arbeitskleidung

Eid[1]!", stöhnte sie. „Simon, Simon, wie willst du vor
Gott bestehen!"
So saß sie eine Weile, starr mit geklemmten Lippen, wie
in völliger Geistesabwesenheit. Friedrich stand vor ihr
und hatte sie schon zweimal angeredet. „Was ist's? Was
willst du?", rief sie auffahrend. – „Ich bringe euch
Geld", sagte er, mehr erstaunt als erschreckt. – „Geld?
Wo?" Sie regte sich und die kleine Münze fiel klingend
auf den Boden. Friedrich hob sie auf. „Geld vom Ohm
Simon, weil ich ihm habe arbeiten helfen. Ich kann mir
nun selber was verdienen." – „Geld vom Simon? Wirf's
fort, fort! – Nein, gib's den Armen. Doch, nein, behalt's",
flüsterte sie kaum hörbar; „wir sind selber arm. Wer
weiß, ob wir bei dem Betteln vorbeikommen[2]!" – „Ich
soll Montag wieder zum Ohm und ihm bei der Einsaat
helfen." – „Du wieder zu ihm? Nein, nein, nimmer-
mehr!" – Sie umfasste ihr Kind mit Heftigkeit. –
„Doch", fügte sie hinzu und ein Tränenstrom stürzte ihr
plötzlich über die eingefallenen Wangen; „geh, er ist
mein einziger Bruder und die Verleumdung ist groß!
Aber halt Gott vor Augen und vergiss das tägliche
Gebet nicht!"
Margret legte das Gesicht an die Mauer und weinte
laut. Sie hatte manche harte Last getragen, ihres Mannes üble Behandlung, noch schwerer seinen Tod, und es
war eine bittere Stunde, als die Witwe das letzte Stück
Ackerland einem Gläubiger zur Nutznießung überlas-
sen musste und der Pflug vor ihrem Hause stillstand.
Aber so war ihr nie zumute gewesen; dennoch, nachdem sie einen Abend durchgeweint, eine Nacht durch-
wacht hatte, war sie dahin gekommen, zu denken, ihr
Bruder Simon könne so gottlos nicht sein, der Knabe
gehöre gewiss nicht ihm, Ähnlichkeiten wollen nichts
beweisen. Hatte sie doch selbst vor vierzig Jahren ein
Schwesterchen verloren, das genau dem fremden He-

---

[1] Margret vermutet, dass Johannes ein unehelicher Sohn von Simon
ist, der dieses offensichtlich abgestritten und einen Meineid ge-
schworen hat.

[2] ob uns das Betteln erspart bleibt

chelkrämer[1] glich. Was glaubt man nicht gern, wenn man so wenig hat und durch Unglauben dies wenige verlieren soll!

Von dieser Zeit an war Friedrich selten mehr zu Hause. Simon schien alle wärmern Gefühle, deren er fähig war, dem Schwestersohn zugewendet zu haben; wenigstens vermisste er ihn sehr und ließ nicht nach mit Botschaften, wenn ein häusliches Geschäft ihn auf einige Zeit bei der Mutter hielt. Der Knabe war seitdem wie verwandelt, das träumerische Wesen gänzlich von ihm gewichen, er trat fest auf, fing an, sein Äußeres zu beachten und bald in den Ruf eines hübschen, gewandten Burschen zu kommen. Sein Ohm, der nicht wohl ohne Projekte leben konnte, unternahm mitunter ziemlich bedeutende öffentliche Arbeiten, z. B. beim Wegbau, wobei Friedrich für einen seiner besten Arbeiter und überall als seine rechte Hand galt; denn obgleich dessen Körperkräfte noch nicht ihr volles Maß erreicht hatten, kam ihm doch nicht leicht jemand an Ausdauer gleich. Margret hatte bisher ihren Sohn nur geliebt, jetzt fing sie an, stolz auf ihn zu werden und sogar eine Art Hochachtung vor ihm zu fühlen, da sie den jungen Menschen so ganz ohne ihr Zutun sich entwickeln sah, sogar ohne ihren Rat, den sie, wie die meisten Menschen, für unschätzbar hielt und deshalb die Fähigkeiten nicht hoch genug anzuschlagen wusste, die eines so kostbaren Förderungsmittels entbehren konnten.

In seinem achtzehnten Jahre hatte Friedrich sich bereits einen bedeutenden Ruf in der jungen Dorfwelt gesichert, durch den Ausgang einer Wette, infolge deren er einen erlegten Eber über zwei Meilen weit auf seinem Rücken trug, ohne abzusetzen. Indessen war der Mitgenuss des Ruhms auch so ziemlich der einzige Vorteil, den Margret aus diesen günstigen Umständen zog, da Friedrich immer mehr auf sein Äußeres verwandte und allmählich anfing, es schwer zu verdauen, wenn Geldmangel ihn

---

[1] Hausierer mit Kämmen für die Bearbeitung von Hanf- und Flachsfasern

zwang, irgendjemand im Dorf darin nachzustehen. Zudem waren alle seine Kräfte auf den auswärtigen Erwerb gerichtet; zu Hause schien ihm, ganz im Widerspiel mit seinem sonstigen Rufe, jede anhaltende Beschäftigung lästig, und er unterzog sich lieber einer harten, aber kurzen Anstrengung, die ihm bald erlaubte, seinem frühern Hirtenamte wieder nachzugehen, was bereits begann, seinem Alter unpassend zu werden, und ihm gelegentlich Spott zuzog, vor dem er sich aber durch ein paar derbe Zurechtweisungen mit der Faust Ruhe verschaffte. So gewöhnte man sich daran, ihn bald geputzt und fröhlich als anerkannten Dorfelegant an der Spitze des jungen Volks zu sehen, bald wieder als zerlumpten Hirtenbuben einsam und träumerisch hinter den Kühen herschleichend oder in einer Waldlichtung liegend, scheinbar gedankenlos und das Moos von den Bäumen rupfend.

Um diese Zeit wurden die schlummernden Gesetze doch einigermaßen aufgerüttelt durch eine Bande von Holzfrevlern, die unter dem Namen der Blaukittel[1] alle ihre Vorgänger so weit an List und Frechheit übertraf, dass es dem Langmütigsten zu viel werden musste. Ganz gegen den gewöhnlichen Stand der Dinge, wo man die stärksten Böcke der Herde mit dem Finger bezeichnen konnte, war es hier trotz aller Wachsamkeit bisher nicht möglich gewesen, auch nur ein Individuum namhaft zu machen. Ihre Benennung erhielten sie von der ganz gleichförmigen Tracht, durch die sie das Erkennen erschwerten, wenn etwa ein Förster noch einzelne Nachzügler im Dickicht verschwinden sah. Sie verheerten alles wie die Wanderraupe, ganze Waldstrecken wurden in einer Nacht gefällt und auf der Stelle fortgeschafft, sodass man am andern Morgen nichts fand als Späne und wüste Haufen von Topholz[2], und der Umstand, dass nie Wagenspuren einem Dorfe zuführten, sondern immer vom Flusse her und dorthin zurück, be-

---

[1] Der Name ist wahrscheinlich von den blauen Kitteln abgeleitet, die von den Männern im Paderborner Raum bei der Arbeit getragen wurden.

[2] wertloses Holz der Baumkronen

wies, dass man unter dem Schutz und vielleicht mit dem Beistande der Schiffeigentümer handelte. In der Bande mussten sehr gewandte Spione sein, denn die Förster konnten wochenlang umsonst wachen; in der ersten Nacht, gleichviel, ob stürmisch oder mondhell, wo sie vor Übermüdung nachließen, brach die Zerstörung ein. Seltsam war es, dass das Landvolk umher ebenso unwissend und gespannt schien wie die Förster selber. Von einigen Dörfern ward mit Bestimmtheit gesagt, dass sie nicht zu den Blaukitteln gehörten, aber keines konnte als dringend verdächtig bezeichnet werden, seit man das verdächtigste von allen, das Dorf B., freisprechen musste. Ein Zufall hatte dies bewirkt, eine Hochzeit, auf der fast alle Bewohner dieses Dorfes notorisch[1] die Nacht zugebracht hatten, während zu eben dieser Zeit die Blaukittel eine ihrer stärksten Expeditionen ausführten.

Der Schaden in den Forsten war indes allzu groß, deshalb wurden die Maßregeln dagegen auf eine bisher unerhörte Weise gesteigert; Tag und Nacht wurde patrouilliert, Ackerknechte, Hausbediente mit Gewehren versehen und den Forstbeamten zugesellt. Dennoch war der Erfolg nur gering, und die Wächter hatten oft kaum das eine Ende des Forstes verlassen, wenn die Blaukittel schon zum andern einzogen. Das währte länger als ein volles Jahr, Wächter und Blaukittel, Blaukittel und Wächter, wie Sonne und Mond, immer abwechselnd im Besitz des Terrains und nie zusammentreffend.

Es war im Juli 1756 früh um drei; der Mond stand klar am Himmel, aber sein Glanz fing an zu ermatten, und im Osten zeigte sich bereits ein schmaler gelber Streif, der den Horizont besäumte und den Eingang einer engen Talschlucht wie mit einem Goldbande schloss. Friedrich lag im Grase, nach seiner gewohnten Weise, und schnitzelte an einem Weidenstabe, dessen knotigem Ende er die Gestalt eines ungeschlachten[2] Tieres zu geben versuchte. Er sah übermüdet aus, gähnte, ließ mitunter seinen Kopf an einem verwitterten Stammknorren ruhen und Blicke,

---

[1] offensichtlich, allbekannt
[2] roh, grob

dämmeriger als der Horizont, über den mit Gestrüpp und Aufschlag[1] fast verwachsenen Eingang des Grundes streifen. Ein paarmal belebten sich seine Augen und nahmen den ihnen eigentümlichen glasartigen Glanz an, aber gleich nachher schloss er sie wieder halb und gähnte und dehnte sich, wie es nur faulen Hirten erlaubt ist. Sein Hund lag in einiger Entfernung nah bei den Kühen, die, unbekümmert um die Forstgesetze, ebenso oft den jungen Baumspitzen als dem Grase zusprachen und in die frische Morgenluft schnaubten. Aus dem Walde drang von Zeit zu Zeit ein dumpfer, krachender Schall; der Ton hielt nur einige Sekunden an, begleitet von einem langen Echo an den Bergwänden, und wiederholte sich etwa alle fünf bis acht Minuten. Friedrich achtete nicht darauf; nur zuweilen, wenn das Getöse ungewöhnlich stark oder anhaltend war, hob er den Kopf und ließ seine Blicke langsam über die verschiedenen Pfade gleiten, die ihren Ausgang in dem Talgrunde fanden.

Es fing bereits stark zu dämmern an; die Vögel begannen leise zu zwitschern, und der Tau stieg fühlbar aus dem Grunde. Friedrich war an dem Stamm hinabgeglitten und starrte, die Arme über den Kopf verschlungen, in das leise einschleichende Morgenrot. Plötzlich fuhr er auf: Über sein Gesicht fuhr ein Blitz, er horchte einige Sekunden mit vorgebeugtem Oberleib wie ein Jagdhund, dem die Luft Witterung zuträgt. Dann schob er schnell zwei Finger in den Mund und pfiff gellend und anhaltend. – „Fidel, du verfluchtes Tier!" – Ein Steinwurf traf die Seite des unbesorgten Hundes, der, vom Schlafe aufgeschreckt, zuerst um sich biss und dann heulend auf drei Beinen dort Trost suchte, von wo das Übel ausgegangen war. In demselben Augenblicke wurden die Zweige eines nahen Gebüsches fast ohne Geräusch zurückgeschoben und ein Mann trat heraus, im grünen Jagdrock, den silbernen Wappenschild am Arm, die gespannte Büchse in der Hand. Er ließ schnell

---

[1] junger Holzaufwuchs, der aus herabgefallenem Samen entstanden ist

seine Blicke über die Schlucht fahren und sie dann mit
besonderer Schärfe auf dem Knaben verweilen, trat
dann vor, winkte nach dem Gebüsch, und allmählich
wurden sieben bis acht Männer sichtbar, alle in ähnli-
cher Kleidung, Waidmesser[1] im Gürtel und die gespann-
ten Gewehre in der Hand.

„Friedrich, was war das?", fragte der zuerst Erschienene.
– „Ich wollte, dass der Racker auf der Stelle krepierte.
Seinetwegen können die Kühe mir die Ohren vom Kopf
fressen." – „Die Kanaille[2] hat uns gesehen", sagte ein anderer. – „Morgen sollst du auf die Reise mit einem Stein
am Halse", fuhr Friedrich fort und stieß nach dem Hunde. – „Friedrich, stell dich nicht an wie ein Narr! Du
kennst mich und du verstehst mich auch!" – Ein Blick
begleitete diese Worte, der schnell wirkte. – „Herr Brandis, denkt an meine Mutter!" – „Das tu ich. Hast du
nichts im Walde gehört?" – „Im Walde?" – Der Knabe
warf einen raschen Blick auf des Försters Gesicht. – „Eure Holzfäller, sonst nichts." – „Meine Holzfäller!"
Die ohnehin dunkle Gesichtsfarbe des Försters ging in
tiefes Braunrot über. „Wie viele sind ihrer, und wo trei-
ben sie ihr Wesen?" – „Wohin Ihr sie geschickt habt; ich
weiß es nicht." – Brandis wandte sich zu seinen Gefähr-
ten: „Geht voran; ich komme gleich nach."
Als einer nach dem andern im Dickicht verschwunden
war, trat Brandis dicht vor den Knaben: „Friedrich", sagte
er mit dem Ton unterdrückter Wut, „meine Geduld ist zu
Ende; ich möchte dich prügeln wie einen Hund, und mehr
seid ihr auch nicht wert. Ihr Lumpenpack, dem kein Ziegel
auf dem Dach gehört! Bis zum Betteln habt ihr es, gottlob,
bald gebracht, und an meiner Tür soll deine Mutter, die alte Hexe, keine verschimmelte Brotrinde bekommen. Aber
vorher sollt ihr mir noch beide ins Hundeloch!"
Friedrich griff krampfhaft nach einem Aste. Er war totenbleich, und seine Augen schienen wie Kristallkugeln
aus dem Kopfe schießen zu wollen. Doch nur einen Augenblick. Dann kehrte die größte, an Erschlaffung gren-

---

[1] Jagdmesser
[2] Schimpfwort: Schuft, Schurke

zende Ruhe zurück. – „Herr", sagte er fest, mit fast sanfter Stimme; „Ihr habt gesagt, was Ihr nicht verantworten könnt, und ich vielleicht auch. Wir wollen es gegeneinander aufgehen lassen, und nun will ich Euch sagen,
5 was Ihr verlangt. Wenn Ihr die Holzfäller nicht selbst bestellt habt, so müssen es die Blaukittel sein; denn aus dem Dorfe ist kein Wagen gekommen; ich habe den Weg ja vor mir, und vier Wagen sind es. Ich habe sie nicht gesehen, aber den Hohlweg hinauffahren hören." – Er
10 stockte einen Augenblick. – „Könnt Ihr sagen, dass ich je einen Baum in Eurem Revier gefällt habe? Überhaupt, dass ich je anderwärts gehauen habe als auf Bestellung? Denkt nach, ob Ihr das sagen könnt!"

Ein verlegenes Murmeln war die ganze Antwort des
15 Försters, der nach Art der meisten rauen Menschen leicht bereute. Er wandte sich unwirsch und schritt dem Gebüsche zu. – „Nein, Herr", rief Friedrich, „wenn Ihr zu den andern Förstern wollt, die sind dort an der Buche hinaufgegangen." – „An der Buche?", sagte Brandis
20 zweifelhaft, „nein, dort hinüber, nach dem Mastergrunde." – „Ich sage Euch, an der Buche; des langen Heinrich Flintenriemen blieb noch am krummen Ast dort hängen; ich hab's ja gesehen!"

Der Förster schlug den bezeichneten Weg ein. Friedrich
25 hatte die ganze Zeit hindurch seine Stellung nicht verlassen, halb liegend, den Arm um einen dürren Ast geschlungen, sah er dem Fortgehenden unverrückt nach, wie er durch den halbverwachsenen Steig[1] glitt, mit den vorsichtigen, weiten Schritten seines Metiers[2], so
30 geräuschlos, wie ein Fuchs die Hühnerstiege erklimmt. Hier sank ein Zweig hinter ihm, dort einer; die Umrisse seiner Gestalt schwanden immer mehr. Da blitzte es noch einmal durchs Laub. Es war ein Stahlknopf seines Jagdrocks; nun war er fort. Friedrichs Gesicht hatte während
35 dieses allmählichen Verschwindens den Ausdruck seiner Kälte verloren, und seine Züge schienen zuletzt unruhig bewegt. Gereute es ihn vielleicht, den Förster nicht um

---

[1] schmaler, steiler Weg
[2] seines Berufs

Verschweigung seiner Angaben gebeten zu haben? Er ging einige Schritte voran, blieb dann stehen. „Es ist zu spät", sagte er vor sich hin und griff nach seinem Hute. Ein leises Picken im Gebüsche, nicht zwanzig Schritte von ihm. Es war der Förster, der den Flintenstein[1] schärfte. Friedrich horchte. – „Nein!", sagte er dann mit entschlossenem Tone, raffte seine Siebensachen zusammen und trieb das Vieh eilfertig die Schlucht entlang.

Um Mittag saß Frau Margret am Herd und kochte Tee. – Friedrich war krank heimgekommen, er klagte über heftige Kopfschmerzen und hatte auf ihre besorgte Nachfrage erzählt, wie er sich schwer geärgert über den Förster; kurz, den ganzen eben beschriebenen Vorgang, mit Ausnahme einiger Kleinigkeiten, die er besser fand, für sich zu behalten. Margret sah schweigend und trübe in das siedende Wasser. Sie war es wohl gewohnt, ihren Sohn mitunter klagen zu hören, aber heute kam er ihr so angegriffen vor wie sonst nie. Sollte wohl eine Krankheit im Anzuge sein? Sie seufzte tief und ließ einen eben ergriffenen Holzblock fallen.

„Mutter!", rief Friedrich aus der Kammer. – „Was willst du?" – „War das ein Schuss?" – „Ach nein, ich weiß nicht, was du meinst." – „Es pocht mir wohl nur so im Kopfe", versetzte er.

Die Nachbarin trat herein und erzählte mit leisem Flüstern irgendeine unbedeutende Klatscherei, die Margret ohne Teilnahme anhörte. Dann ging sie. – „Mutter!", rief Friedrich. Margret ging zu ihm hinein. „Was erzählte die Hülsmeyer?" – „Ach, gar nichts, Lügen, Wind!" – Friedrich richtete sich auf. – „Von der Gretchen Siemers; du weißt ja wohl die alte Geschichte; und ist doch nichts Wahres dran." – Friedrich legte sich wieder hin. „Ich will sehen, ob ich schlafen kann", sagte er.

Margret saß am Herde; sie spann und dachte wenig Erfreuliches. Im Dorfe schlug es halb zwölf; die Türe klinkte und der Gerichtsschreiber Kapp trat herein. – „Guten Tag, Frau Mergel", sagte er; „könnt Ihr mir einen Trunk Milch geben? Ich komme von M." – Als Frau Mergel das

---

[1] Feuerstein

Verlangte brachte, fragte er: „Wo ist Friedrich?" Sie war gerade beschäftigt, einen Teller hervorzulangen, und überhörte die Frage. Er trank zögernd und in kurzen Absätzen. „Wisst Ihr wohl", sagte er dann, „dass die Blau-
5 kittel in dieser Nacht wieder im Masterholze eine ganze Strecke so kahl gefegt haben wie meine Hand?" – „Ei, du frommer Gott!", versetzte sie gleichgültig. „Die Schandbuben", fuhr der Schreiber fort, „ruinieren alles; wenn sie noch Rücksicht nähmen auf das junge Holz, aber Ei-
10 chenstämmchen wie mein Arm dick, wo nicht einmal eine Ruderstange drinsteckt! Es ist, als ob ihnen andrer Leute Schaden ebenso lieb wäre wie ihr Profit!" – „Es ist schade!", sagte Margret.
Der Amtsschreiber hatte getrunken und ging noch im-
15 mer nicht. Er schien etwas auf dem Herzen zu haben. „Habt Ihr nichts von Brandis gehört?", fragte er plötzlich. – „Nichts; er kommt niemals hier ins Haus." – „So wisst Ihr nicht, was ihm begegnet ist?" – „Was denn?", fragte Margret gespannt. – „Er ist tot!" – „Tot!", rief sie,
20 „was, tot? Um Gottes willen! Er ging ja noch heute Morgen ganz gesund hier vorüber mit der Flinte auf dem Rücken!" – „Er ist tot", wiederholte der Schreiber, sie scharf fixierend; „von den Blaukitteln erschlagen. Vor einer Viertelstunde wurde die Leiche ins Dorf gebracht."
25 Margret schlug die Hände zusammen. – „Gott im Himmel, geh nicht mit ihm ins Gericht! Er wusste nicht, was er tat!" – „Mit ihm!", rief der Amtsschreiber, „mit dem verfluchten Mörder, meint Ihr?" Aus der Kammer drang ein schweres Stöhnen. Margret eilte hin und der Schreiber
30 folgte ihr. Friedrich saß aufrecht im Bette, das Gesicht in die Hände gedrückt, und ächzte wie ein Sterbender. – „Friedrich, wie ist dir?", sagte die Mutter. – „Wie ist dir?", wiederholte der Amtsschreiber. – „O mein Leib, mein Kopf!", jammerte er. – „Was fehlt ihm?" – „Ach, Gott weiß
35 es?", versetzte sie; „er ist schon um vier mit den Kühen heimgekommen, weil ihm so übel war. – Friedrich – Friedrich, antworte doch, soll ich zum Doktor?" – „Nein, nein", ächzte er, „es ist nur Kolik[1], es wird schon besser."

---

[1] schmerzhafte, krampfartige Zusammenziehung eines inneren Organs

Er legte sich zurück; sein Gesicht zuckte krampfhaft vor Schmerz; dann kehrte die Farbe wieder. – „Geht", sagte er matt; „ich muss schlafen, dann geht's vorüber." – „Frau Mergel", sagte der Amtsschreiber ernst, „ist es gewiss, dass Friedrich um vier nach Hause kam und nicht wieder fortging?" – Sie sah ihn starr an. – „Fragt jedes Kind auf der Straße. Und fortgehen? – Wollte Gott, er könnt es!" – „Hat er Euch nichts von Brandis erzählt?" – „In Gottes Namen, ja, dass er ihn im Walde geschimpft und unsere Armut vorgeworfen hat, der Lump! – Doch Gott verzeih mir, er ist tot! – Geht!", fuhr sie heftig fort; „seid Ihr gekommen, um ehrliche Leute zu beschimpfen? Geht!" – Sie wandte sich wieder zu ihrem Sohne; der Schreiber ging. – „Friedrich, wie ist dir?", sagte die Mutter; „hast du wohl gehört? Schrecklich, schrecklich! Ohne Beichte und Absolution!" – „Mutter, Mutter, um Gottes willen lass mich schlafen; ich kann nicht mehr."
In diesem Augenblick trat Johannes Niemand in die Kammer; dünn und lang wie eine Hopfenstange, aber zerlumpt und scheu, wie wir ihn vor fünf Jahren gesehen. Sein Gesicht war noch bleicher als gewöhnlich. „Friedrich", stotterte er, „du sollst sogleich zum Ohm kommen; er hat Arbeit für dich; aber sogleich." – Friedrich drehte sich gegen die Wand. – „Ich komme nicht", sagte er barsch, „ich bin krank." – „Du musst aber kommen", keuchte Johannes; „er hat gesagt, ich müsste dich mitbringen." – Friedrich lachte höhnisch auf: „Das will ich doch sehen!" – „Lass ihn in Ruhe, er kann nicht", seufzte Margret, „du siehst ja, wie es steht." – Sie ging auf einige Minuten hinaus; als sie zurückkam, war Friedrich bereits angekleidet. – „Was fällt dir ein?", rief sie, „du kannst, du sollst nicht gehen!" – „Was sein muss, schickt sich wohl", versetzte er und war schon zur Türe hinaus mit Johannes. – „Ach Gott", seufzte die Mutter, „wenn die Kinder klein sind, treten sie uns in den Schoß, und wenn sie groß sind, ins Herz!"
Die gerichtliche Untersuchung hatte ihren Anfang genommen, die Tat lag klar am Tage; über den Täter aber waren die Anzeigen[1] so schwach, dass, obschon alle

---

[1] Merkmale, Indizien, Hinweise

Umstände die Blaukittel dringend verdächtigten, man
doch nicht mehr als Mutmaßungen wagen konnte. *Eine*
Spur schien Licht geben zu wollen; doch rechnete man
aus Gründen wenig darauf. Die Abwesenheit des Gutsherrn hatte den Gerichtsschreiber genötigt, auf eigene
Hand die Sache einzuleiten. Er saß am Tische; die Stube
war gedrängt voll von Bauern, teils neugierigen, teils
solchen, von denen man in Ermangelung eigentlicher
Zeugen einigen Aufschluss zu erhalten hoffte. Hirten,
die in derselben Nacht gehütet, Knechte, die den Acker
in der Nähe bestellt, alle standen stramm und fest, die
Hände in den Taschen, gleichsam als stillschweigende
Erklärung, dass sie nicht einzuschreiten gesonnen seien.
Acht Forstbeamte wurden vernommen. Ihre Aussagen
waren völlig gleichlautend: Brandis habe sie am zehn-
ten abends zur Runde bestellt, da ihm von einem Vorha-
ben der Blaukittel müsse Kunde zugekommen sein;
doch habe er sich nur unbestimmt darüber geäußert.
Um zwei Uhr in der Nacht seien sie ausgezogen und auf
manche Spuren der Zerstörung gestoßen, die den Oberförster sehr übel gestimmt; sonst sei alles still gewesen.
Gegen vier Uhr habe Brandis gesagt: „Wir sind ange-
führt, lasst uns heimgehen." – Als sie nun um den Bre-
merberg gewendet und zugleich der Wind umgeschla-
gen, habe man deutlich im Masterholz fällen gehört und
aus der schnellen Folge der Schläge geschlossen, dass
die Blaukittel am Werk seien. Man habe nun eine Weile
beratschlagt, ob es tunlich sei, mit so geringer Macht die
kühne Bande anzugreifen, und sich dann ohne bestimm-
ten Entschluss dem Schalle langsam genähert. Nun folgte der Auftritt mit Friedrich. Ferner: Nachdem Brandis
sie ohne Weisung fortgeschickt, seien sie eine Weile
vorangeschritten und dann, als sie bemerkt, dass das Getöse im noch ziemlich weit entfernten Walde gänzlich
aufgehört, stille gestanden, um den Oberförster zu erwarten. Die Zögerung habe sie verdrossen und nach etwa zehn Minuten seien sie weitergegangen und so bis
an den Ort der Verwüstung. Alles sei vorüber gewesen,
kein Laut mehr im Walde, von zwanzig gefällten Stäm-
men noch acht vorhanden, die übrigen bereits fortge-

schafft. Es sei ihnen unbegreiflich, wie man dieses ins Werk gestellt, da keine Wagenspuren zu finden gewesen. Auch habe die Dürre der Jahreszeit und der mit Fichtennadeln bestreute Boden keine Fußstapfen unterscheiden lassen, obgleich der Grund ringsumher wie festgestampft war. Da man nun überlegt, dass es zu nichts nützen könne, den Oberförster zu erwarten, sei man rasch der andern Seite des Waldes zugeschritten, in der Hoffnung, vielleicht noch einen Blick von den Frevlern zu erhaschen. Hier habe sich einem von ihnen beim Ausgange des Waldes die Flaschenschnur in Brombeerranken verstrickt, und als er umgeschaut, habe er etwas im Gestrüpp blitzen sehen; es war die Gurtschnalle des Oberförsters, den man nun hinter den Ranken liegend fand, grad ausgestreckt, die rechte Hand um den Flintenlauf geklemmt, die andere geballt und die Stirn von einer Axt gespalten.

Dies waren die Aussagen der Förster; nun kamen die Bauern an die Reihe, aus denen jedoch nichts zu bringen war. Manche behaupteten, um vier Uhr noch zu Hause oder anderswo beschäftigt gewesen zu sein, und keiner wollte etwas bemerkt haben. Was war zu machen? Sie waren sämtlich angesessene, unverdächtige Leute. Man musste sich mit ihren negativen Zeugnissen begnügen. Friedrich ward hereingerufen. Er trat ein mit einem Wesen, das sich durchaus nicht von seinem gewöhnlichen unterschied, weder gespannt noch keck. Das Verhör währte ziemlich lange, und die Fragen waren mitunter ziemlich schlau gestellt; er beantwortete sie jedoch alle offen und bestimmt und erzählte den Vorgang zwischen ihm und dem Oberförster ziemlich der Wahrheit gemäß, bis auf das Ende, das er geratener fand, für sich zu behalten. Sein Alibi zur Zeit des Mordes war leicht erwiesen. Der Förster lag am Ausgange des Masterholzes; über dreiviertel Stunden Weges von der Schlucht, in der er Friedrich um vier Uhr angeredet und aus der dieser seine Herde schon zehn Minuten später ins Dorf getrieben. Jedermann hatte dies gesehen; alle anwesenden Bauern beeiferten sich, es zu bezeugen, mit diesem hatte er geredet, jenem zugenickt.

Der Gerichtsschreiber saß unmutig und verlegen da. Plötzlich fuhr er mit der Hand hinter sich und brachte etwas Blinkendes vor Friedrichs Auge. „Wem gehört dies?" – Friedrich sprang drei Schritt zurück. „Herr Je-
5 sus! Ich dachte, Ihr wolltet mir den Schädel einschlagen." Seine Augen waren rasch über das tödliche Werkzeug gefahren und schienen momentan auf einem ausgebrochenen Splitter am Stiele zu haften. „Ich weiß es nicht", sagte er fest. – Es war die Axt, die man in dem
10 Schädel des Oberförsters eingeklammert gefunden hatte. – „Sieh sie genau an", fuhr der Gerichtsschreiber fort. Friedrich fasste sie mit der Hand, besah sie oben, unten, wandte sie um. „Es ist eine Axt wie andere", sagte er dann und legte sie gleichgültig auf den Tisch. Ein Blut-
15 fleck ward sichtbar; er schien zu schaudern, aber er wiederholte noch einmal sehr bestimmt: „Ich kenne sie nicht." Der Gerichtsschreiber seufzte vor Unmut. Er selbst wusste um nichts mehr und hatte nur einen Versuch zu möglicher Entdeckung durch Überraschung
20 machen wollen. Es blieb nichts übrig, als das Verhör zu schließen.
Denjenigen, die vielleicht auf den Ausgang dieser Begebenheit gespannt sind, muss ich sagen, dass diese Geschichte nie aufgeklärt wurde, obwohl noch viel dafür
25 geschah und diesem Verhöre mehrere folgten. Den Blaukitteln schien durch das Aufsehen, das der Vorgang gemacht, und die darauf folgenden geschärften Maßregeln der Mut genommen; sie waren von nun an wie verschwunden, und obgleich späterhin noch mancher
30 Holzfrevler erwischt wurde, fand man doch nie Anlass, ihn der berüchtigten Bande zuzuschreiben. Die Axt, lag zwanzig Jahre nachher als unnützes Corpus delicti[1] im Gerichtsarchiv, wo sie wohl noch jetzt ruhen mag mit ihren Rostflecken. Es würde in einer erdichteten Geschich-
35 te unrecht sein, die Neugier des Lesers zu täuschen. Aber dies alles hat sich wirklich zugetragen; ich kann nichts davon- oder dazutun.

---

[1] Gegenstand des Verbrechens, Beweisstück

Am nächsten Sonntage stand Friedrich sehr früh auf,
um zur Beichte zu gehen. Es war Mariä Himmelfahrt[1]
und die Pfarrgeistlichen schon vor Tagesanbruch im
Beichtstuhle. Nachdem er sich im Finstern angekleidet,
verließ er so geräuschlos wie möglich den engen Ver-
schlag, der ihm in Simons Hause eingeräumt war. In der
Küche musste sein Gebetbuch auf dem Sims liegen, und
er hoffte, es mithilfe des schwachen Mondlichts zu finden; es war nicht da. Er warf die Augen suchend umher
und fuhr zusammen; in der Kammertür stand Simon,
fast unbekleidet, seine dürre Gestalt, sein ungekämmtes,
wirres Haar und die vom Mondschein verursachte Bläs-
se des Gesichts gaben ihm ein schauerlich verändertes
Ansehen. „Sollte er nachtwandeln?", dachte Friedrich
und verhielt sich ganz still. – „Friedrich, wohin?", flüsterte der Alte. – „Ohm, seid Ihr's? Ich will beichten gehen." – „Das dacht ich mir; geh in Gottes Namen, aber
beichte wie ein guter Christ." – „Das will ich", sagte
Friedrich. – „Denk an die zehn Gebote: Du sollst kein
Zeugnis ablegen gegen deinen Nächsten." – „Kein fal-
sches!" – „Nein, gar keines[2]; du bist schlecht unterrich-
tet; wer einen andern in der Beichte anklagt, der emp-
fängt das Sakrament unwürdig."
Beide schwiegen. – „Ohm, wie kommt Ihr darauf?", sagte Friedrich dann; „Eu'r Gewissen ist nicht rein; Ihr habt
mich belogen." – „Ich? So?" – „Wo ist Eure Axt?" –
„Meine Axt? Auf der Tenne." – „Habt Ihr einen neuen
Stiel hineingemacht? Wo ist der alte?" – „Den kannst du
heute bei Tag im Holzschuppen finden. Geh", fuhr er
verächtlich fort, „ich dachte, du seist ein Mann; aber du
bist ein altes Weib, das gleich meint, das Haus brennt,
wenn ihr Feuertopf[3] raucht. Sieh", fuhr er fort, „wenn
ich mehr von der Geschichte weiß als der Türpfosten da,
so will ich ewig nicht selig werden. – Längst war ich zu
Haus", fügte er hinzu. – Friedrich stand beklemmt und

---

[1] 15. August
[2] Das 8. Gebot lautet richtig: „Du sollst gegen deinen Nächsten kein
     falsches Zeugnis ablegen."
[3] Topf voll glühender Kohlen zum Wärmen der Füße

zweifelnd. Er hätte viel darum gegeben, seines Ohms
Gesicht sehen zu können. Aber während sie flüsterten,
hatte der Himmel sich bewölkt.

„Ich habe schwere Schuld", seufzte Friedrich, „dass ich
5 ihn den unrechten Weg geschickt – obgleich – doch, dies
hab ich nicht gedacht, nein, gewiss nicht. Ohm, ich habe
euch ein schweres Gewissen zu danken." – „So geh,
beicht!", flüsterte Simon mit bebender Stimme; „ver-
unehre das Sakrament durch Angeberei und setze ar-
10 men Leuten einen Spion auf den Hals, der schon Wege
finden wird, ihnen das Stückchen Brot aus den Zähnen
zu reißen, wenn er gleich nicht reden darf – geh!" –
Friedrich stand unschlüssig; er hörte ein leises Geräusch; die Wolken verzogen sich, das Mondlicht fiel
15 wieder auf die Kammertür; sie war geschlossen. Friedrich ging an diesem Morgen nicht zur Beichte.

Der Eindruck, den dieser Vorfall auf Friedrich gemacht,
erlosch leider nur zu bald. Wer zweifelt daran, dass Simon alles tat, seinen Adoptivsohn dieselben Wege zu
20 leiten, die er selber ging? Und in Friedrich lagen Eigen-
schaften, die dies nur zu sehr erleichterten: Leichtsinn,
Erregbarkeit und vor allem ein grenzenloser Hochmut,
der nicht immer den Schein verschmähte und dann alles
daransetzte, durch Wahrmachung des Usurpierten[1]
25 möglicher Beschämung zu entgehen. Seine Natur war
nicht unedel, aber er gewöhnte sich, die innere Schande
der äußern vorzuziehen. Man darf nur sagen, er gewöhnte sich zu prunken, während seine Mutter darbte.

Diese unglückliche Wendung seines Charakters war in-
30 dessen das Werk mehrerer Jahre, in denen man bemerkte, dass Margret immer stiller über ihren Sohn ward und
allmählich in einen Zustand der Verkommenheit ver-
sank, den man früher bei ihr für unmöglich gehalten
hätte. Sie wurde scheu, saumselig[2], sogar unordentlich,
35 und manche meinten, ihr Kopf habe gelitten. Friedrich
ward desto lauter; er versäumte keine Kirchweih[3] oder

---

[1] hier: des Angekündigten
[2] langsam bei der Arbeit, nachlässig
[3] Jahresfeier der Einweihung einer Kirche, Kirmes

Hochzeit, und da ein sehr empfindliches Ehrgefühl ihn
die geheime Missbilligung mancher nicht übersehen
ließ, war er gleichsam immer unter Waffen, der öffentlichen Meinung nicht sowohl Trotz zu bieten, als sie den
Weg zu leiten, der ihm gefiel. Er war äußerlich ordentlich, nüchtern, anscheinend treuherzig, aber listig, prah-
lerisch und oft roh, ein Mensch, an dem niemand Freude haben konnte, am wenigsten seine Mutter, und der
dennoch durch seine gefürchtete Kühnheit und noch
mehr gefürchtete Tücke ein gewisses Übergewicht im
Dorfe erlangt hatte, das umso mehr anerkannt wurde, je
mehr man sich bewusst war, ihn nicht zu kennen und
nicht berechnen zu können, wessen er am Ende fähig
sei. Nur ein Bursch im Dorfe, Wilm Hülsmeyer, wagte
im Bewusstsein seiner Kraft und guter Verhältnisse, ihm
die Spitze zu bieten; und da er gewandter in Worten
war als Friedrich und immer, wenn der Stachel saß, einen Scherz daraus zu machen wusste, so war dies der
Einzige, mit dem Friedrich ungern zusammentraf.

Vier Jahre waren verflossen; es war im Oktober; der mil-
de Herbst von 1760, der alle Scheunen mit Korn und alle
Keller mit Wein füllte, hatte seinen Reichtum auch über
diesen Erdwinkel strömen lassen, und man sah mehr Be-
trunkene, hörte von mehr Schlägereien und dummen
Streichen als je. Überall gab's Lustbarkeiten; der blaue
Montag[1] kam in Aufnahme, und wer ein paar Taler er-
übrigt hatte, wollte gleich eine Frau dazu, die ihm heute
essen und morgen hungern helfen könne. Da gab es im
Dorfe eine tüchtige, solide Hochzeit, und die Gäste durf-
ten mehr erwarten als eine verstimmte Geige, ein Glas
Branntwein und was sie an guter Laune selber mitbrach-
ten. Seit früh war alles auf den Beinen; vor jeder Tür
wurden Kleider gelüftet, und B. glich den ganzen Tag einer Trödelbude. Da viele Auswärtige erwartet wurden,
wollte jeder gern die Ehre des Dorfes oben halten.
Es war sieben Uhr abends und alles in vollem Gange; Ju-
bel und Gelächter an allen Enden, die niedern Stuben

---

[1] Redensart seit dem Mittelalter: über den Sonntag hinaus verlän-
gertes freies Wochenende

zum Ersticken angefüllt mit blauen, roten und gelben
Gestalten, gleich Pfandställen[1], in denen eine zu große
Herde eingepfercht ist. Auf der Tenne ward getanzt, das
heißt, wer zwei Fuß Raum erobert hatte, drehte sich darauf immer rund um und suchte durch Jauchzen zu ersetzen, was an Bewegung fehlte. Das Orchester war glän-
zend, die erste Geige als anerkannte Künstlerin prädomi-
nierend[2], die zweite und eine große Bassviole mit drei
Saiten von Dilettanten[3] ad libitum[4] gestrichen; Branntwein und Kaffee im Überfluss, alle Gäste von Schweiß
triefend; kurz, es war ein köstliches Fest. Friedrich stol-
zierte umher wie ein Hahn, im neuen himmelblauen
Rock, und machte sein Recht als erster Elegant geltend.
Als auch die Gutsherrschaft anlangte, saß er gerade hinter der Bassgeige und strich die tiefste Saite mit großer
Kraft und vielem Anstand.

„Johannes!", rief er gebieterisch, und heran trat sein
Schützling von dem Tanzplatze, wo er auch seine unge-
lenken Beine zu schlenkern und eins zu jauchzen versucht
hatte. Friedrich reichte ihm den Bogen, gab durch eine
stolze Kopfbewegung seinen Willen zu erkennen und trat
zu den Tanzenden. „Nun lustig, Musikanten: den Papen
van Istrup[5]! – Der beliebte Tanz ward gespielt und Friedrich machte Sätze vor den Augen seiner Herrschaft, dass
die Kühe an der Tenne die Hörner zurückzogen und Ket-
tengeklirr und Gebrumm an ihren Ständern herlief. Fuß-
hoch über die andern tauchte sein blonder Kopf auf und
nieder, wie ein Hecht, der sich im Wasser überschlägt; an
allen Enden schrien Mädchen auf, denen er zum Zeichen
der Huldigung mit einer raschen Kopfbewegung sein langes Flachshaar ins Gesicht schleuderte.

„Jetzt ist es gut!", sagte er endlich und trat schweißtrie-
fend an den Kredenztisch; „die gnädigen Herrschaften

---

[1] Ställe für gepfändetes Vieh
[2] vorherrschend
[3] von Laien, Nichtfachleuten
[4] nach Belieben
[5] ein beliebter Tanz; wörtlich: Pfaffe von Istrup; Istrup ist ein Ort in der Nähe von Brakel

sollen leben und alle die hochadeligen Prinzen und
Prinzessinnen, und wer's nicht mittrinkt, den will ich an
die Ohren schlagen, dass er die Engel singen hört!" –
Ein lautes Vivat[1] beantwortete den galanten Toast[2]. –
Friedrich machte seinen Bückling. – „Nichts für ungut,
gnädige Herrschaften; wir sind nur ungelehrte Bauers-
leute!" In diesem Augenblick erhob sich ein Getümmel
am Ende der Tenne, Geschrei, Schelten, Gelächter, alles
durcheinander. „Butterdieb, Butterdieb!", riefen ein paar
Kinder, und heran drängte sich, oder vielmehr ward ge-
schoben, Johannes Niemand, den Kopf zwischen die
Schultern ziehend und mit aller Macht nach dem Ausgange strebend. – „Was ist's? Was habt ihr mit unserem
Johannes?", rief Friedrich gebieterisch.
„Das sollt Ihr früh genug gewahr werden", keuchte ein
altes Weib mit der Küchenschürze und einem Wischha-
der[3] in der Hand. – Schande! Johannes, der arme Teufel,
dem zu Hause das Schlechteste gut genug sein musste,
hatte versucht, sich ein halbes Pfündchen Butter für die
kommende Dürre zu sichern, und ohne daran zu denken, dass er es, sauber in sein Schnupftuch gewickelt, in
der Tasche geborgen, war er ans Küchenfeuer getreten,
und nun rann das Fett schmählich die Rockschöße entlang. Allgemeiner Aufruhr; die Mädchen sprangen
zurück, aus Furcht, sich zu beschmutzen, oder stießen
den Delinquenten[4] vorwärts. Andere machten Platz, sowohl aus Mitleid als Vorsicht. Aber Friedrich trat vor.
„Lumpenhund!", rief er; ein paar derbe Maulschellen[5]
trafen den geduldigen Schützling; dann stieß er ihn an
die Tür und gab ihm einen tüchtigen Fußtritt mit auf
den Weg.
Er kehrte niedergeschlagen zurück; seine Würde war
verletzt, das allgemeine Gelächter schnitt ihm durch die
Seele, ob er sich gleich durch einen tapfern Juchheschrei

---

[1] Hochruf; „er lebe hoch"
[2] höflicher Trinkspruch
[3] Wischlappen
[4] Übeltäter
[5] Ohrfeigen

wieder in den Gang zu bringen suchte – es wollte nicht
mehr recht gehen. Er war im Begriff, sich wieder hinter
die Bassviole zu flüchten; doch zuvor noch ein Knallef-
fekt: Er zog seine silberne Taschenuhr hervor, zu jener
5 Zeit ein seltener und kostbarer Schmuck. „Es ist bald
zehn", sagte er. „Jetzt den Brautmenuett[1]! Ich will Musik
machen."

„Eine prächtige Uhr!", sagte der Schweinehirt und
schob sein Gesicht in ehrfurchtsvoller Neugier vor. –
10 „Was hat sie gekostet?", rief Wilm Hülsmeyer, Friedrichs Nebenbuhler. – „Willst du sie bezahlen?", fragte
Friedrich. – „Hast d u sie bezahlt?", antwortete Wilm.
Friedrich warf einen stolzen Blick auf ihn und griff in
schweigender Majestät zum Fidelbogen. – „Nun, nun",
15 sagte Hülsmeyer, „dergleichen hat man schon erlebt. Du
weißt wohl, der Franz Ebel hatte auch eine schöne Uhr,
bis der Jude Aaron sie ihm wieder abnahm." Friedrich
antwortete nicht, sondern winkte stolz der ersten Violine, und sie begannen aus Leibeskräften zu streichen.
20 Die Gutsherrschaft war indessen in die Kammer getreten, wo der Braut von den Nachbarfrauen das Zeichen
ihres neuen Standes, die weiße Stirnbinde, umgelegt
wurde. Das junge Blut weinte sehr, teils weil es die Sitte
so wollte, teils aus wahrer Beklemmung. Sie sollte einem
25 verworrenen Haushalt vorstehen, unter den Augen eines mürrischen alten Mannes, den sie noch obendrein
lieben sollte. Er stand neben ihr, durchaus nicht wie der
Bräutigam des Hohen Liedes[2], der „in die Kammer tritt
wie die Morgensonne". – „Du hast nun genug geweint",
30 sagte er verdrießlich, „bedenk, du bist es nicht, die mich
glücklich macht, ich mache dich glücklich!" – Sie sah de-
mütig zu ihm auf und schien zu fühlen, dass er Recht
habe. – Das Geschäft war beendigt; die junge Frau hatte
ihrem Manne zugetrunken, junge Spaßvögel hatten
35 durch den Dreifuß[3] geschaut, ob die Binde gerade sitze,

---

[1] altfranzösischer Volkstanz im Dreivierteltakt und mäßigem Tempo
[2] auf Salomo zurückgeführte Sammlung altjüdischer Liebes- und Hoch-
    zeitslieder im Alten Testament
[3] Metallgestell auf drei Füßen, Untersatz für Kochtöpfe

und man drängte sich wieder der Tenne zu, von wo un-
auslöschliches Gelächter und Lärm herüberschallte. Friedrich war nicht mehr dort. Eine große, unerträgliche
Schmach hatte ihn getroffen, da der Jude Aaron, ein
Schlächter und gelegentlicher Althändler aus dem nächsten Städtchen, plötzlich erschienen war und nach einem kurzen, unbefriedigenden Zwiegespräch ihn laut
vor allen Leuten um den Betrag von zehn Talern für eine
schon um Ostern gelieferte Uhr gemahnt hatte. Friedrich war wie vernichtet fortgegangen und der Jude ihm
gefolgt, immer schreiend: „O weh mir! Warum hab ich
nicht gehört auf vernünftige Leute! Haben sie mir nicht
hundertmal gesagt, Ihr hättet all Eu'r Gut am Leibe und
kein Brot im Schranke!" – Die Tenne tobte von Gelächter; manche hatten sich auf den Hof nachgedrängt. –
„Packt den Juden! Wiegt ihn gegen ein Schwein[1]!", riefen einige; andere waren ernst geworden. – „Der
Friedrich sah so blass aus wie ein Tuch", sagte eine alte
Frau, und die Menge teilte sich, wie der Wagen des
Gutsherrn in den Hof lenkte.
Herr von S. war auf dem Heimwege verstimmt, die je-
desmalige Folge, wenn der Wunsch, seine Popularität[2]
aufrechtzuerhalten, ihn bewog, solchen Festen beizu-
wohnen. Er sah schweigend aus dem Wagen. „Was sind
denn das für ein paar Figuren?" – Er deutete auf zwei
dunkle Gestalten, die vor dem Wagen rannten wie
Strauße. Nun schlüpften sie ins Schloss. – „Auch ein
paar selige Schweine aus unserm eigenen Stall!", seufzte Herr von S. Zu Hause angekommen fand er die
Hausflur vom ganzen Dienstpersonal eingenommen,
das zwei Kleinknechte umstand, welche sich blass und
atemlos auf der Stiege niedergelassen hatten. Sie behaupteten, von des alten Mergels Geist verfolgt worden
zu sein, als sie durchs Brederholz heimkehrten. Zuerst
hatte es über ihnen an der Höhe gerauscht und geknis-

---

[1] Das Schwein gilt im Alten Testament als unreines Tier. Die Gleich-
setzung des Juden mit dem Tier ist eine große Beleidigung und Er-
niedrigung.
[2] hier: Volksnähe

tert; darauf hoch in der Luft ein Geklapper wie von an-
einandergeschlagenen Stöcken; plötzlich ein gellender
Schrei und ganz deutlich die Worte: „O weh, meine arme Seele!" hoch von oben herab. Der eine wollte auch
5 glühende Augen durch die Zweige funkeln gesehen haben und beide waren gelaufen, was ihre Beine ver-
mochten.

„Dummes Zeug!", sagte der Gutsherr verdrießlich und
trat in die Kammer, sich umzukleiden. Am andern Mor-
10 gen wollte die Fontäne[1] im Garten nicht springen und es
fand sich, dass jemand eine Röhre verrückt hatte, augen-
scheinlich um nach dem Kopfe eines vor vielen Jahren
hier verscharrten Pferdegerippes zu suchen, der für ein
bewährtes Mittel wider allen Hexen- und Geisterspuk
15 gilt. „Hm", sagte der Gutsherr, „was die Schelme nicht
stehlen, das verderben die Narren."

Drei Tage später tobte ein furchtbarer Sturm. Es war
Mitternacht, aber alles im Schlosse außer dem Bett. Der
Gutsherr stand am Fenster und sah besorgt ins Dunkle,
20 nach seinen Feldern hinüber. An den Scheiben flogen
Blätter und Zweige her; mitunter fuhr ein Ziegel hinab
und schmetterte auf das Pflaster des Hofes. – „Furchtbares Wetter!", sagte Herr von S. Seine Frau sah ängstlich
aus. „Ist das Feuer auch gewiss gut verwahrt?", sagte
25 sie; „Gretchen, sieh noch einmal nach, gieß es lieber
ganz aus! – Kommt, wir wollen das Evangelium Johan-
nis beten." Alles kniete nieder und die Hausfrau begann: „Im Anfang war das Wort, und das Wort war bei
Gott, und Gott war das Wort."[2] Ein furchtbarer Donner-
30 schlag. Alle fuhren zusammen; dann furchtbares Geschrei und Getümmel die Treppe heran. – „Um Gottes
willen! Brennt es?", rief Frau von S. und sank mit dem
Gesichte auf den Stuhl. Die Türe ward aufgerissen und
herein stürzte die Frau des Juden Aaron, bleich wie der
35 Tod, das Haar wild um den Kopf, von Regen triefend.
Sie warf sich vor dem Gutsherrn auf die Knie. „Gerech-

---

[1] Springbrunnen
[2] Den Beginn des Johannes-Evangeliums zu lesen, galt im Volksglauben als Abwehrmittel gegen Gewitter.

tigkeit!", rief sie, „Gerechtigkeit! Mein Mann ist erschlagen!", und sank ohnmächtig zusammen.

Es war nur zu wahr und die nachfolgende Untersuchung bewies, dass der Jude Aaron durch einen Schlag an die Schläfe mit einem stumpfen Instrumente, wahrscheinlich einem Stabe, sein Leben verloren hatte, durch einen einzigen Schlag. An der linken Schläfe war der blaue Fleck, sonst keine Verletzung zu finden. Die Aussagen der Jüdin und ihres Knechtes Samuel lauteten so: Aaron war vor drei Tagen am Nachmittage ausgegangen, um Vieh zu kaufen, und hatte dabei gesagt, er werde wohl über Nacht ausbleiben, da noch einige böse Schuldner in B. und S. zu mahnen seien. In diesem Falle werde er in B. beim Schlächter Salomon übernachten. Als er am folgenden Tage nicht heimkehrte, war seine Frau sehr besorgt geworden und hatte sich endlich heute um drei nachmittags in Begleitung ihres Knechtes und des großen Schlächterhundes auf den Weg gemacht. Beim Juden Salomon wusste man nichts von Aaron; er war gar nicht da gewesen. Nun waren sie zu allen Bauern gegangen, von denen sie wussten, dass Aaron einen Handel mit ihnen im Auge hatte. Nur zwei hatten ihn gesehen, und zwar an demselben Tage, an welchem er ausgegangen. Es war darüber sehr spät geworden. Die große Angst trieb das Weib nach Haus, wo sie ihren Mann wiederzufinden eine schwache Hoffnung nährte. So waren sie im Brederholz vom Gewitter überfallen worden und hatten unter einer großen, am Berghange stehenden Buche Schutz gesucht; der Hund hatte unterdessen auf eine auffallende Weise umhergestöbert und sich endlich, trotz allem Locken, im Walde verlaufen. Mit einem Male sieht die Frau beim Leuchten des Blitzes etwas Weißes neben sich im Moose. Es ist der Stab ihres Mannes, und fast im selben Augenblicke bricht der Hund durchs Gebüsch und trägt etwas im Maule: Es ist der Schuh ihres Mannes. Nicht lange, so ist in einem mit dürrem Laube gefüllten Graben der Leichnam des Juden gefunden. – Dies war die Angabe des Knechtes, von der Frau nur im Allgemeinen unterstützt; ihre übergroße Spannung hatte nachgelassen und sie schien jetzt halb verwirrt oder vielmehr stumpfsinnig. – „Aug um Auge, Zahn um Zahn!"[1] Dies waren die einzigen Worte, die sie zuweilen hervorstieß.

In derselben Nacht noch wurden die Schützen aufgeboten, um Friedrich zu verhaften. Der Anklage bedurfte es nicht, da Herr von S. selbst Zeuge eines Auftritts gewesen war, der den dringendsten Verdacht auf ihn werfen musste; zudem die Gespenstergeschichte von jenem Abende, das Aneinanderschlagen der Stäbe im Brederholz, der Schrei aus der Höhe. Da der Amtsschreiber gerade abwesend war, so betrieb Herr von S. selbst alles rascher, als sonst geschehen wäre. Dennoch begann die Dämmerung bereits anzubrechen, bevor die Schützen so geräuschlos wie möglich das Haus der armen Margret umstellt hatten. Der Gutsherr selber pochte an; es währte kaum eine Minute, bis geöffnet ward und Margret völlig gekleidet in der Türe erschien. Herr von S. fuhr zurück; er hätte sie fast nicht erkannt, so blass und steinern sah sie aus.

„Wo ist Friedrich?", fragte er mit unsicherer Stimme. – „Sucht ihn", antwortete sie und setzte sich auf einen Stuhl. Der Gutsherr zögerte noch einen Augenblick. „Herein, herein!", sagte er dann barsch, „worauf warten wir?" Man trat in Friedrichs Kammer. Er war nicht da, aber das Bett noch warm. Man stieg auf den Söller[2], in den Keller, stieß ins Stroh, schaute hinter jedes Fass, sogar in den Backofen; er war nicht da. Einige gingen in den Garten, sahen hinter den Zaun und in die Apfelbäume hinauf; er war nicht zu finden. – „Entwischt!", sagte der Gutsherr mit sehr gemischten Gefühlen; der Anblick der alten Frau wirkte gewaltig auf ihn. „Gebt den Schlüssel zu jenem Koffer." – Margret antwortete nicht. – „Gebt den Schlüssel!", wiederholte der Gutsherr und merkte jetzt erst, dass der Schlüssel steckte. Der Inhalt des Koffers kam zum Vorschein: des Entflohenen gute

---

[1] 3. Mose 24.20; altjüdisches Gerechtigkeitsdenken, das durch neutestamentaliches Barmherzigkeitsdenken überwunden wird (vgl. auch das Eingangsgedicht)

[2] Dachboden

Sonntagskleider und seiner Mutter ärmlicher Staat;
dann zwei Leichenhemden mit schwarzen Bändern, das
eine für einen Mann, das andere für eine Frau gemacht.
Herr von S. war tief erschüttert. Ganz zu unterst auf
dem Boden des Koffers lag die silberne Uhr und einige
Schriften von sehr leserlicher Hand, eine derselben von
einem Manne unterzeichnet, den man in starkem Verdacht der Verbindung mit den Holzfrevlern hatte. Herr
von S. nahm sie mit zur Durchsicht und man verließ das
Haus, ohne dass Margret ein anderes Lebenszeichen
von sich gegeben hätte, als dass sie unaufhörlich die
Lippen nagte und mit den Augen zwinkerte.
Im Schlosse angelangt fand der Gutsherr den Amtsschreiber, der schon am vorigen Abend heimgekommen
war und behauptete, die ganze Geschichte verschlafen
zu haben, da der gnädige Herr nicht nach ihm geschickt.
– „Sie kommen immer zu spät", sagte Herr von S. verdrießlich. „War denn nicht irgendein altes Weib im Dorfe, das Ihrer Magd die Sache erzählte? Und warum
weckte man Sie dann nicht?" – „Gnädiger Herr", versetzte Kapp, „allerdings hat meine Anne Marie den
Handel um eine Stunde früher erfahren als ich; aber sie
wusste, dass Ihre Gnaden die Sache selbst leiteten, und
dann", fügte er mit klagender Miene hinzu, „dass ich so
todmüde war." – „Schöne Polizei", murmelte der Gutsherr, „jede alte Schachtel im Dorf weiß Bescheid, wenn
es recht geheim zugehen soll." Dann fuhr er heftig fort:
„Das müsste wahrhaftig ein dummer Teufel von Delinquenten sein, der sich packen ließe!"
Beide schwiegen eine Weile. – „Mein Fuhrmann hatte
sich in der Nacht verirrt", hob der Amtsschreiber wieder
an; „über eine Stunde lang hielten wir im Walde; es war
ein Mordwetter; ich dachte, der Wind werde den Wagen
umreißen. Endlich, als der Regen nachließ, fuhren wir in
Gottes Namen darauf los, immer in das Zellerfeld hinein, ohne eine Hand vor den Augen zu sehen. Da sagte
der Kutscher: ‚Wenn wir nur nicht den Steinbrüchen zu
nahe kommen!' Mir war selbst bange; ich ließ halten
und schlug Feuer, um wenigstens etwas Unterhaltung
an meiner Pfeife zu haben. Mit einem Male hörten wir

ganz nah, perpendikulär[1] unter uns, die Glocke schlagen. Ew.[2] Gnaden mögen glauben, dass mir fatal zumut wurde. Ich sprang aus dem Wagen, denn seinen eigenen Beinen kann man trauen, aber denen der Pferde nicht.
5 So stand ich, in Kot und Regen, ohne mich zu rühren, bis es gottlob sehr bald anfing zu dämmern. Und wo hielten wir? Dicht an der Heerser[3] Tiefe und den Turm von Heerse gerade unter uns. Wären wir noch zwanzig Schritt weiter gefahren, wir wären alle Kinder des Todes
10 gewesen." – „Das war in der Tat kein Spaß", versetzte der Gutsherr, halb versöhnt.

Er hatte unterdessen die mitgenommenen Papiere durchgesehen. Es waren Mahnbriefe um geliehene Gelder, die meisten von Wucherern. – „Ich hätte nicht ge-
15 dacht", murmelte er, „dass die Mergels so tief drinsteckten." – „Ja, und dass es so an den Tag kommen muss", versetzte Kapp; „das wird kein kleiner Ärger für Frau Margret sein." – „Ach Gott, die denkt jetzt daran nicht!"
– Mit diesen Worten stand der Gutsherr auf und verließ
20 das Zimmer, um mit Herrn Knapp die gerichtliche Leichenschau vorzunehmen. – Die Untersuchung war kurz, gewaltsamer Tod erwiesen, der vermutliche Täter entflohen, die Anzeigen gegen ihn zwar gravierend, doch ohne persönliches Geständnis nicht beweisend, seine
25 Flucht allerdings sehr verdächtig. So musste die gerichtliche Verhandlung ohne genügenden Erfolg geschlossen werden.

Die Juden der Umgegend hatten großen Anteil gezeigt. Das Haus der Witwe ward nie leer von Jammernden und
30 Ratenden. Seit Menschengedenken waren nicht so viel Juden beisammen in L. gesehen worden. Durch den Mord ihres Glaubensgenossen aufs Äußerste erbittert, hatten sie weder Mühe noch Geld gespart, dem Täter auf die Spur zu kommen. Man weiß sogar, dass einer derselben,
35 gemeinhin der Wucherjoel genannt, einem seiner Kun-

---

[1] lotrecht, senkrecht
[2] Abkürzung in Titeln für: Euer
[3] gemeint ist die Stadt Neuenheerse, ca. 15 km von Paderborn entfernt

den, der ihm mehrere Hunderte schuldete und den er für
einen besonders listigen Kerl hielt, Erlass der ganzen
Summe angeboten hatte, falls er ihm zur Verhaftung des
Mergel verhelfen wolle; denn der Glaube war allgemein
unter den Juden, dass der Täter nur mit guter Beihilfe 5
entwischt und wahrscheinlich noch in der Umgegend sei.
Als dennoch alles nichts half und die gerichtliche Verhandlung für beendet erklärt worden war, erschien am
nächsten Morgen eine Anzahl der angesehensten Israeli-
ten im Schlosse, um dem gnädigen Herrn einen Handel 10
anzutragen. Der Gegenstand war die Buche, unter der
Aarons Stab gefunden und wo der Mord wahrscheinlich
verübt worden war. – „Wollt ihr sie fällen, so mitten im
vollen Laube?", fragte der Gutsherr. – „Nein, Ihro Gnaden, sie muss stehen bleiben im Winter und Sommer, so- 15
lange ein Span daran ist." – „Aber, wenn ich nun den
Wald hauen lasse, so schadet es dem jungen Aufschlag[1]".
– „Wollen wir sie doch nicht um gewöhnlichen Preis." –
Sie boten 200 Taler. Der Handel ward geschlossen und allen Förstern streng eingeschärft, die Judenbuche auf kei- 20
ne Weise zu schädigen. Darauf sah man an einem Abende
wohl gegen sechzig Juden, ihren Rabbiner[2] an der Spitze,
in das Brederholz ziehen, alle schweigend mit gesenkten
Augen. Sie blieben über eine Stunde im Walde und kehrten dann ebenso ernst und feierlich zurück, durch das 25
Dorf B. bis in das Zellerfeld, wo sie sich zerstreuten und
jeder seines Weges ging. Am nächsten Morgen stand an
der Buche mit dem Beil eingehauen:

אִם תַּעֲבוֹר בַּמָּקוֹם הַזֶּה יִפְגַּע בָּךְ כַּאֲשֶׁר אַתָּה עָשִׂיתָ לִי:

Und wo war Friedrich? Ohne Zweifel fort, weit genug,
um die kurzen Arme einer so schwachen Polizei nicht 30
mehr fürchten zu dürfen. Er war bald verschollen, ver-
gessen. Ohm Simon redete selten von ihm, und dann
schlecht; die Judenfrau tröstete sich am Ende und nahm

---

[1] junge Bäume
[2] Geistlicher der jüdischen Gemeinde, Gesetzeslehrer

einen andern Mann. Nur die arme Margret blieb unge-
tröstet.

Etwa ein halbes Jahr nachher las der Gutsherr einige
eben erhaltene Briefe in Gegenwart des Amtsschreibers.
5 – „Sonderbar, sonderbar!", sagte er. „Denken Sie sich,
Kapp, der Mergel ist vielleicht unschuldig an dem Morde. Soeben schreibt mir der Präsident des Gerichtes zu
P.[1]: „Le vrai n'est pas toujours vraisemblable[2]; das er-
fahre ich oft in meinem Berufe und jetzt neuerdings.
10 Wissen Sie wohl, dass Ihr lieber Getreuer, Friedrich Mergel, den Juden mag ebenso wenig erschlagen haben als
ich oder Sie? Leider fehlen die Beweise, aber die Wahr-
scheinlichkeit ist groß. Ein Mitglied der Schlemming-
schen Bande[3] (die wir jetzt, nebenbei gesagt, größten-
15 teils unter Schloss und Riegel haben), Lumpenmoises
genannt, hat im letzten Verhöre ausgesagt, dass ihn
nichts so sehr gereue als der Mord eines Glaubensgenossen, Aaron, den er im Walde erschlagen und doch nur
sechs Groschen bei ihm gefunden habe. Leider ward das
20 Verhör durch die Mittagsstunde unterbrochen, und
während wir tafelten, hat sich der Hund von einem Juden an seinem Strumpfband erhängt. Was sagen Sie dazu? Aaron ist zwar ein verbreiteter Name usw." – „Was
sagen Sie dazu?", wiederholte der Gutsherr; „und wes-
25 halb wäre der Esel von einem Burschen denn gelaufen?"
– Der Amtsschreiber dachte nach. – „Nun, vielleicht der
Holzfrevel wegen, mit denen wir ja gerade in Untersuchung waren. Heißt es nicht, der Böse läuft vor seinem
eigenen Schatten? Mergels Gewissen war schmutzig ge-
30 nug auch ohne diesen Flecken."

Dabei beruhigte man sich. Friedrich war hin, verschwunden und – Johannes Niemand, der arme, unbe-
achtete Johannes, am gleichen Tage mit ihm.

Eine schöne, lange Zeit war verflossen, achtundzwanzig
35 Jahre, fast die Hälfte eines Menschenlebens; der Gutsherr

---

[1] Paderborn
[2] Das Wahre ist nicht immer wahrscheinlich.
[3] eine historisch bezeugte Bande aus Hessen, die mit dem tatsächli-
chen Geschehen der Judenbuche jedoch nichts zu tun hat

war sehr alt und grau geworden, sein gutmütiger Gehilfe Kapp längst begraben. Menschen, Tiere und Pflanzen waren entstanden, gereift, vergangen, nur Schloss B. sah immer gleich grau und vornehm auf die Hütten herab, die wie alte, hektische[1] Leute immer fallen zu wollen schienen und immer standen. Es war am Vorabende des Weihnachtsfestes, den 24. Dezember 1788. Tiefer Schnee lag in den Hohlwegen, wohl an zwölf Fuß hoch, und eine durchdringende Frostluft machte die Fensterscheiben in der geheizten Stube gefrieren. Mitternacht war nahe, dennoch flimmerten überall matte Lichtchen aus den Schneehügeln, und in jedem Hause lagen die Einwohner auf den Knien, um den Eintritt des heiligen Christfestes mit Gebet zu erwarten, wie dies in katholischen Ländern Sitte ist oder wenigstens damals allgemein war. Da bewegte sich von der Breder Höhe herab eine Gestalt langsam gegen das Dorf; der Wanderer schien sehr matt oder krank; er stöhnte schwer und schleppte sich äußerst mühsam durch den Schnee.

An der Mitte des Hanges stand er still, lehnte sich auf seinen Krückenstab und starrte unverwandt auf die Lichtpunkte. Es war so still überall, so tot und kalt; man musste an Irrlichter auf Kirchhöfen denken. Nun schlug es zwölf im Turm; der letzte Schlag verdröhnte langsam und im nächsten Hause erhob sich ein leiser Gesang, der, von Hause zu Hause schwellend, sich über das ganze Dorf zog:

> Ein Kindelein so löbelich
> Ist uns geboren heute,
> Von einer Jungfrau säuberlich,
> Des freu'n sich alle Leute;
> Und wär das Kindelein nicht gebor'n,
> So wären wir alle zusammen verlor'n:
> Das Heil ist unser aller.
> O du mein liebester Jesu Christ,
> Der du als Mensch geboren bist,
> Erlös uns von der Hölle!

---

[1] hier: schwindsüchtige, an Lungentuberkulose leidende Leute

Der Mann am Hange war in die Knie gesunken und versuchte mit zitternder Stimme einzufallen; es ward nur ein lautes Schluchzen daraus, und schwere, heiße Tropfen fielen in den Schnee. Die zweite Strophe begann; er betete
5 leise mit; dann die dritte und vierte. Das Lied war geendigt und die Lichter in den Häusern begannen sich zu bewegen. Da richtete der Mann sich mühselig auf und schlich langsam hinab in das Dorf. An mehreren Häusern keuchte er vorüber, dann stand er vor einem still und
10 pochte leise an.

„Was ist denn das?", sagte drinnen eine Frauenstimme; „die Türe klappert, und der Wind geht doch nicht." – Er pochte stärker: „Um Gottes willen, lasst einen halb erfrorenen Menschen ein, der aus der türkischen Sklaverei
15 kommt!" – Geflüster in der Küche. „Geht ins Wirtshaus", antwortete eine andere Stimme, „das fünfte Haus von hier!" – „Um Gottes Barmherzigkeit willen, lasst mich ein! Ich habe kein Geld." – Nach einigem Zögern ward die Tür geöffnet und ein Mann leuchtete mit der
20 Lampe hinaus. – „Kommt nur herein!", sagte er dann, „ihr werdet uns den Hals nicht abschneiden."

In der Küche befanden sich außer dem Manne eine Frau in den mittlern Jahren, eine alte Mutter und fünf Kinder. Alle drängten sich um den Eintretenden her und mus-
25 terten ihn mit scheuer Neugier. Eine armselige Figur mit schiefem Halse, gekrümmtem Rücken, die ganze Gestalt gebrochen und kraftlos; langes, schneeweißes Haar hing um sein Gesicht, das den verzogenen Ausdruck langen Leidens trug. Die Frau ging schweigend
30 an den Herd und legte frisches Reisig zu. – „Ein Bett können wir Euch nicht geben", sagte sie; „aber ich will hier eine gute Streu machen; Ihr müsst Euch schon so behelfen." – „Gott's Lohn!", versetzte der Fremde; „ich bin's wohl schlechter gewohnt." – Der Heimgekehrte
35 ward als Johannes Niemand erkannt und er selbst bestätigte, dass er derselbe sei, der einst mit Friedrich Mergel entflohen.

Das Dorf war am folgenden Tage voll von den Abenteuern des so lange Verschollenen. Jeder wollte den Mann
40 aus der Türkei sehen und man wunderte sich beinahe,

dass er noch aussehe wie andere Menschen. Das junge
Volk hatte zwar keine Erinnerungen von ihm, aber die
Alten fanden seine Züge noch ganz wohl heraus, so erbärmlich entstellt er auch war. „Johannes, Johannes, was
seid Ihr grau geworden!", sagte eine alte Frau. „Und 5
woher habt Ihr den schiefen Hals?" – „Vom Holz- und
Wassertragen in der Sklaverei", versetzte er. – „Und was
ist aus Mergel geworden? Ihr seid doch zusammen fort-
gelaufen?" – „Freilich wohl; aber ich weiß nicht, wo er
ist, wir sind voneinandergekommen. Wenn Ihr an ihn 10
denkt, betet für ihn", fügte er hinzu, „er wird es wohl
nötig haben."
Man fragte ihn, warum Friedrich sich denn aus dem
Staube gemacht, da er den Juden doch nicht erschlagen?
– „Nicht?", sagte Johannes und horchte gespannt auf, 15
als man ihm erzählte, was der Gutsherr geflissentlich
verbreitet hatte, um den Fleck von Mergels Namen zu
löschen. „Also ganz umsonst", sagte er nachdenkend,
„ganz umsonst so viel ausgestanden!" Er seufzte tief
und fragte nun seinerseits nach manchem. Simon war 20
lange tot, aber zuvor noch ganz verarmt, durch Prozesse
und böse Schuldner, die er nicht gerichtlich belangen
durfte, weil es, wie man sagte, zwischen ihnen keine rei-
ne Sache war. Er hatte zuletzt Bettelbrot gegessen und
war in einem fremden Schuppen auf dem Stroh gestor- 25
ben. Margret hatte länger gelebt, aber in völliger Geis-
tesdumpfheit. Die Leute im Dorf waren es bald müde
geworden, ihr beizustehen, da sie alles verkommen ließ,
was man ihr gab, wie es denn die Art der Menschen ist,
gerade die Hilflosesten zu verlassen, solche, bei denen 30
der Beistand nicht nachhaltig wirkt und die der Hilfe
immer gleich bedürftig bleiben. Dennoch hatte sie nicht
eigentlich Not gelitten; die Gutsherrschaft sorgte sehr
für sie, schickte ihr täglich das Essen und ließ ihr auch
ärztliche Behandlung zukommen, als ihr kümmerlicher 35
Zustand in völlige Abzehrung übergegangen war. In ihrem Hause wohnte jetzt der Sohn des ehemaligen
Schweinehirten, der an jenem unglücklichen Abende
Friedrichs Uhr so sehr bewundert hatte. – „Alles hin, alles tot!", seufzte Johannes. 40

Am Abend, als es dunkel geworden war und der Mond schien, sah man ihn im Schnee auf dem Kirchhofe umherhumpeln; er betete bei keinem Grabe, ging auch an keines dicht hinan, aber auf einige schien er aus der Ferne starre Blicke zu heften. So fand ihn der Förster Brandis, der Sohn des Erschlagenen, den die Gutsherrschaft abgeschickt hatte, ihn ins Schloss zu holen.

Beim Eintritt in das Wohnzimmer sah er scheu umher, wie vom Licht geblendet, und dann auf den Baron, der sehr zusammengefallen in seinem Lehnstuhl saß, aber noch immer mit den hellen Augen und dem roten Käppchen auf dem Kopfe wie vor achtundzwanzig Jahren; neben ihm die gnädige Frau, auch alt, sehr alt geworden.

„Nun, Johannes", sagte der Gutsherr, „erzähl mir einmal recht ordentlich von deinen Abenteuern. Aber", er musterte ihn durch die Brille, „du bist ja erbärmlich mitgenommen in der Türkei!" – Johannes begann, wie Mergel ihn nachts von der Herde abgerufen und gesagt, er müsse mit ihm fort. – „Aber warum lief der dumme Junge denn? Du weißt doch, dass er unschuldig war?" – Johannes sah vor sich nieder: „Ich weiß nicht recht, mich dünkt, es war wegen Holzgeschichten. Simon hatte so allerlei Geschäfte; mir sagte man nichts davon, aber ich glaube nicht, dass alles war, wie es sein sollte." – „Was hat denn Friedrich dir gesagt?" – „Nichts, als dass wir laufen müssten, sie wären hinter uns her. So liefen wir bis Heerse; da war es noch dunkel, und wir versteckten uns hinter das große Kreuz am Kirchhofe, bis es etwas heller würde, weil wir uns vor den Steinbrüchen am Zellerfelde fürchteten; und wie wir eine Weile gesessen hatten, hörten wir mit einem Male über uns schnauben und stampfen und sahen lange Feuerstrahlen in der Luft gerade über dem Heerser Kirchturm. Wir sprangen auf und liefen, was wir konnten, in Gottes Namen geradeaus, und wie es dämmerte, waren wir wirklich auf dem rechten Wege nach P."

Johannes schien noch vor der Erinnerung zu schaudern, und der Gutsherr dachte an seinen seligen Kapp und dessen Abenteuer am Heerser Hange. – „Sonderbar!",

lachte er, „so nah wart ihr einander! Aber fahr fort." –
Johannes erzählte nur, wie sie glücklich durch P. und
über die Grenze gekommen. Von da an hatten sie sich
als wandernde Handwerksburschen durchgebettelt bis
Freiburg im Breisgau. „Ich hatte meinen Brotsack bei
mir", sagte er, „und Friedrich ein Bündelchen; so glaubte man uns." – In Freiburg[1] hatten sie sich von den
Österreichern anwerben lassen; ihn hatte man nicht gewollt, aber Friedrich bestand darauf. So kam er unter
den Train[2]. „Den Winter über blieben wir in Freiburg",
fuhr er fort, „und es ging uns ziemlich gut; mir auch,
weil Friedrich mich oft erinnerte und mir half, wenn ich
etwas verkehrt machte. Im Frühling mussten wir mar-
schieren, nach Ungarn, und im Herbst ging der Krieg
mit den Türken los. Ich kann nicht viel davon nachsa-
gen, denn ich wurde gleich in der ersten Affäre[3] gefangen und bin seitdem sechsundzwanzig Jahre in der türkischen Sklaverei gewesen!" – „Gott im Himmel! Das ist
doch schrecklich!", sagte Frau von S. – „Schlimm genug;
die Türken halten uns Christen nicht besser als Hunde;
das Schlimmste war, dass meine Kräfte unter der harten
Arbeit vergingen; ich ward auch älter und sollte noch
immer tun wie vor Jahren."
Er schwieg eine Weile. „Ja", sagte er dann, „es ging
über Menschenkräfte und Menschengeduld; ich hielt es
auch nicht aus. – Von da kam ich auf ein holländisches
Schiff." – „Wie kamst du denn dahin?", fragte der Gutsherr. – „Sie fischten mich auf, aus dem Bosporus[4]", versetzte Johannes. Der Baron sah ihn befremdet an und
hob den Finger warnend auf; aber Johannes erzählte
weiter. Auf dem Schiff war es ihm nicht viel besser gegangen. „Der Skorbut[5] riss ein; wer nicht ganz elend

---

[1] Freiburg gehörte zu der Zeit zu Österreich.
[2] Truppe, die für den Nachschub sorgt, Tross
[3] Gefecht
[4] Meeresstraße zwischen Europa und Asien, an deren südlichem
Ausgang Istanbul (damals: Konstantinopel) liegt
[5] Krankheit infolge eines Mangels an Vitamin C

war, musste über Macht arbeiten, und das Schiffstau regierte ebenso streng wie die türkische Peitsche. Endlich", schloss er, „als wir nach Holland kamen, nach Amsterdam, ließ man mich frei, weil ich unbrauchbar war, und der Kaufmann, dem das Schiff gehörte, hatte auch Mitleiden mit mir und wollte mich zu seinem Pförtner machen. Aber –", er schüttelte den Kopf, „– ich bettelte mich lieber durch bis hieher." – „Das war dumm genug", sagte der Gutsherr. – Johannes seufzte tief: „O Herr, ich habe mein Leben zwischen Türken und Ketzern zubringen müssen, soll ich nicht wenigstens auf einem katholischen Kirchhofe liegen?" Der Gutsherr hatte seine Börse gezogen: „Da, Johannes, nun geh und komm bald wieder. Du musst mir das alles noch ausführlicher erzählen; heute ging es etwas konfus durcheinander. Du bist wohl noch sehr müde!" – „Sehr müde", versetzte Johannes; „und", er deutete auf seine Stirn, „meine Gedanken sind zuweilen so kurios, ich kann nicht recht sagen, wie es so ist." – „Ich weiß schon", sagte der Baron, „von alter Zeit her. Jetzt geh. Hülsmeyers behalten dich wohl noch die Nacht über, morgen komm wieder."

Herr von S. hatte das innigste Mitleiden mit dem armen Schelm; bis zum folgenden Tage war überlegt worden, wo man ihn einmieten könne; essen sollte er täglich im Schlosse und für Kleidung fand sich auch wohl Rat. „Herr", sagte Johannes, „ich kann auch noch wohl etwas tun; ich kann hölzerne Löffel machen und Ihr könnt mich auch als Boten schicken." Herr von S. schüttelte mitleidig den Kopf: „Das würde doch nicht sonderlich ausfallen." – „O doch, Herr, wenn ich erst im Gange bin – es geht nicht schnell, aber hin komme ich doch, und es wird mir auch nicht so sauer, wie man denken sollte." – „Nun", sagte der Baron zweifelnd, „willst du's versuchen? Hier ist ein Brief nach P. Es hat keine sonderliche Eile."

Am folgenden Tage bezog Johannes sein Kämmerchen bei einer Witwe im Dorfe. Er schnitzelte Löffel, aß auf dem Schlosse und machte Botengänge für den gnädigen Herrn. Im Ganzen ging's ihm leidlich; die

Herrschaft war sehr gütig und Herr von S. unterhielt
sich oft lange mit ihm über die Türkei, den österreichi-
schen Dienst und die See. – „Der Johannes könnte viel
erzählen", sagte er zu seiner Frau, „wenn er nicht so
grundeinfältig wäre." – „Mehr tiefsinnig als einfältig", 5
versetzte sie; „Ich fürchte immer, er schnappt noch
über." – „Ei bewahre", antwortete der Baron, „er war
sein Leben lang ein Simpel[1]; simple Leute werden nie
verrückt."

Nach einiger Zeit blieb Johannes auf einem Botengange 10
über Gebühr lange aus. Die gute Frau von S. war sehr
besorgt um ihn und wollte schon Leute aussenden, als
man ihn die Treppe heraufstelzen hörte. – „Du bist lange
ausgeblieben, Johannes", sagte sie; „ich dachte schon,
du hättest dich im Brederholz verirrt." – „Ich bin durch 15
den Föhrengrund gegangen." – „Das ist ja ein weiter
Umweg; warum gingst du nicht durchs Brederholz?" –
Er sah trübe zu ihr auf: „Die Leute sagten mir, der Wald
sei gefällt, und jetzt seien so viele Kreuz- und Querwege
darin, da fürchtete ich, nicht wieder hinauszukommen. 20
Ich werde alt und duselig", fügte er langsam hinzu. –
„Sahst du wohl", sagte Frau von S. nachher zu ihrem
Manne, „wie wunderlich und quer er aus den Augen
sah? Ich sage dir, Ernst, das nimmt noch ein schlimmes
Ende." 25

Indessen nahte der September heran. Die Felder waren
leer, das Laub begann abzufallen, und mancher Hektische fühlte die Schere an seinem Lebensfaden. Auch Johannes schien unter dem Einflusse des nahen Äquinok-
tiums[2] zu leiden; die ihn in diesen Tagen sahen, sagen, 30
er habe auffallend verstört ausgesehen und unaufhörlich leise mit sich selber geredet, was er auch sonst mitunter tat, aber selten. Endlich kam er eines Abends nicht
nach Hause. Man dachte, die Herrschaft habe ihn ver-
schickt, am zweiten auch nicht, am dritten Tage ward 35
seine Hausfrau ängstlich. Sie ging ins Schloss und fragte
nach. – „Gott bewahre", sagte der Gutsherr, „ich weiß

---

[1] einfacher Mensch
[2] Tag- und Nachtgleiche (23.9. und 21.3.)

nichts von ihm; aber geschwind den Jäger gerufen und Försters Wilhelm! Wenn der armselige Krüppel", setzte er bewegt hinzu, „auch nur in einen trockenen Graben gefallen ist, so kann er nicht wieder heraus. Wer weiß, ob er nicht gar eines von seinen schiefen Beinen gebrochen hat! – Nehmt die Hunde mit", rief er den abziehenden Jägern nach, „und sucht vor allem in den Gräben; seht in die Steinbrüche!", rief er lauter.

Die Jäger kehrten nach einigen Stunden heim; sie hatten keine Spur gefunden. Herr von S. war in großer Unruhe: „Wenn ich mir denke, dass einer so liegen muss wie ein Stein und kann sich nicht helfen! Aber er kann noch leben; drei Tage hält's ein Mensch wohl ohne Nahrung aus." – Er machte sich selbst auf den Weg; in allen Häusern wurde nachgefragt, überall in die Hörner geblasen, gerufen, die Hunde zum Suchen angehetzt – umsonst! – Ein Kind hatte ihn gesehen, wie er am Rande des Brederholzes saß und an seinem Löffel schnitzelte. „Er schnitt ihn aber ganz entzwei", sagte das kleine Mädchen. Das war vor zwei Tagen gewesen. Nachmittags fand sich wieder eine Spur: abermals ein Kind, das ihn an der andern Seite des Waldes bemerkt hatte, wo er im Gebüsch gesessen, das Gesicht auf den Knien, als ob er schliefe. Das war noch am vorigen Tage. Es schien, er hatte sich immer um das Brederholz herumgetrieben.

„Wenn nur das verdammte Buschwerk nicht so dicht wäre! Da kann keine Seele hindurch", sagte der Gutsherr. Man trieb die Hunde in den jungen Schlag; man blies und hallote und kehrte endlich missvergnügt heim, als man sich überzeugt, dass die Tiere den ganzen Wald abgesucht hatten. – „Lasst nicht nach! Lasst nicht nach!", bat Frau von S.; „besser ein paar Schritte umsonst, als dass etwas versäumt wird." – Der Baron war, fast ebenso beängstigt wie sie. Seine Unruhe trieb ihn sogar nach Johannes' Wohnung, obwohl er sicher war, ihn dort nicht zu finden. Er ließ sich die Kammer des Verschollenen aufschließen. Da stand sein Bett noch ungemacht, wie er es verlassen hatte; dort hing sein guter Rock, den ihm die gnädige Frau aus dem alten Jagdkleide des Herrn hatte machen lassen; auf dem Tische ein Napf, sechs neue hölzerne Löffel und eine Schachtel. Der Gutsherr öffnete sie; fünf Groschen lagen darin, sauber in Papier gewickelt, und vier silberne Westenknöpfe[1]; der Gutsherr betrachtete sie aufmerksam. „Ein Andenken von Mergel", murmelte er und trat hinaus, denn ihm ward ganz beengt in dem dumpfen, engen Kämmerchen. Die Nachsuchungen wurden fortgesetzt, bis man sich überzeugt hatte, Johannes sei nicht mehr in der Gegend, wenigstens nicht lebendig. So war er denn zum zweiten Mal verschwunden; ob man ihn wiederfinden würde – vielleicht einmal nach Jahren seine Knochen in einem trockenen Graben? Ihn lebend wiederzusehen, dazu war wenig Hoffnung, und jedenfalls nach achtundzwanzig Jahren gewiss nicht.

Vierzehn Tage später kehrte der junge Brandis morgens von einer Besichtigung seines Reviers durch das Brederholz heim. Es war ein für die Jahreszeit ungewöhnlich heißer Tag; die Luft zitterte, kein Vogel sang, nur die Raben krächzten langweilig aus den Ästen und hielten ihre offenen Schnäbel der Luft entgegen. Brandis war sehr ermüdet. Bald nahm er seine von der Sonne durchglühte Kappe ab, bald setzte er sie wieder auf. Es war alles gleich unerträglich, das Arbeiten durch den kniehohen Schlag sehr beschwerlich. Rings umher kein Baum außer der Judenbuche. Dahin strebte er denn auch aus allen Kräften und ließ sich todmatt auf das beschattete Moos darunter nieder. Die Kühle zog so angenehm durch seine Glieder, dass er die Augen schloss. „Schändliche Pilze!", murmelte er halb im Schlaf. Es gibt nämlich in jener Gegend eine Art sehr saftiger Pilze, die nur ein paar Tage stehen, dann einfallen und einen unerträglichen Geruch verbreiten. Brandis glaubte solche unangenehmen Nachbarn zu spüren, er wandte sich ein paarmal hin und her, mochte aber doch nicht aufstehen; sein Hund sprang unterdessen umher, kratz-

---

[1] Teil des „himmelblauen Rocks", den Friedrich auf der Hochzeit trug (vgl. S. 38, Z. 12-13)

te am Stamm der Buche und bellte hinauf. – „Was hast
du da, Bello? Eine Katze?", murmelte Brandis. Er öffnete die Wimper halb und die Judenschrift fiel ihm ins
Auge, sehr ausgewachsen, aber doch noch ganz kennt-
5 lich. Er schloss die Augen wieder; der Hund fuhr fort
zu bellen und legte endlich seinem Herrn die kalte
Schnauze ans Gesicht. – „Lass mich in Ruh! Was hast
du denn?", hierbei sah Brandis, wie er so auf dem Rük-
ken lag, in die Höhe, sprang dann mit einem Satze auf
10 und wie besessen ins Gestrüpp hinein. Totenbleich kam
er auf dem Schlosse an: In der Judenbuche hänge ein
Mensch; er hatte die Beine gerade über seinem Gesichte
hängen sehen. – „Und du hast ihn nicht abgeschnitten,
Esel?", rief der Baron. – „Herr", keuchte Brandis,
15 „wenn Ew. Gnaden da gewesen wären, so wüssten Sie
wohl, dass der Mensch nicht mehr lebt. Ich glaubte anfangs, es seien die Pilze." Dennoch trieb der Gutsherr
zur größten Eile und zog selbst mit hinaus.
Sie waren unter der Buche angelangt. „Ich sehe nichts",
20 sagte Herr von S. – „Hierher müssen Sie treten, hierher,
an diese Stelle!" – Wirklich, dem war so; der Gutsherr
erkannte seine eigenen abgetragenen Schuhe. – „Gott,
es ist Johannes! – Setzt die Leiter an! – So – nun herunter! – Sacht, sacht! Lasst ihn nicht fallen! – Lieber Him-
25 mel, die Würmer sind schon daran! Macht dennoch die
Schlinge auf und die Halsbinde." – Eine breite Narbe
ward sichtbar; der Gutsherr fuhr zurück. – „Mein
Gott!", sagte er; er beugte sich wieder über die Leiche,
betrachtete die Narbe mit großer Aufmerksamkeit und
30 schwieg eine Weile in tiefer Erschütterung. Dann wandte er sich zu den Förstern: „Es ist nicht recht, dass der
Unschuldige für den Schuldigen leide; sagt es nur allen
Leuten, der da" – er deutete auf den Toten – „war
Friedrich Mergel." – Die Leiche ward auf dem Schind-
35 anger[1] verscharrt.

---

[1] Selbstmörder wurden nach kirchlichem und weltlichem Recht
nicht auf dem Friedhof, sondern an dem Ort begraben, an dem der
Schinder (Abdecker) dem verendeten Vieh die Haut abzog.

Dies hat sich nach allen Hauptumständen wirklich so begeben im September des Jahres 1789. – Die hebräische Schrift an dem Baume heißt:
„Wenn du dich diesem Orte nahest, so wird es dir ergehen, wie du mir getan hast."

Anhang

1. Biografische Notizen

Annette von Droste-Hülshoff – Eine Kurzbiografie

Anna Elisabeth („Annette") Freiin Droste zu Hülshoff wurde am 10. Januar 1797 als Tochter von Clemens August Freiherr Droste zu Hülshoff und Therese geborene Freiin von Haxthausen auf Schloss Hülshoff bei Münster geboren.
5 Sie hatte drei Geschwister: Maria Anna („Jenny"), geboren 1795, Werner Constantin (geb. 1798) und Ferdinand (geb. 1802). Wegen ihrer schwachen gesundheitlichen Konstitution, die sich in lebenslanger Anfälligkeit für Krankheiten auswirkte, musste die zu früh geborene Annette von Droste-
10 Hülshoff von einer Amme intensiv gepflegt werden.

Ihre Mutter, vor allem aber ihre Onkel Werner und August von Haxthausen, die zeitweilig bedeutende Stellungen im preußischen Staatsdienst innehatten, waren vielfältig literarisch interessiert. Die Mutter betreute Annettes erste lite-
15 rarische Versuche. Um 1811 nahm sich der Rechtsprofessor Anton Mathias Sprickmann ihres dichterischen Talents an. Für ihre tiefreligiöse Stiefgroßmutter Maria Anna von Haxthausen verfasste sie den Gedichtzyklus „Das geistliche Jahr" mit Gedichten auf alle Sonn- und Festtage. An-
20 fang der 20-er Jahre arbeitete sie an dem Romanfragment „Ledwina". Dann stellte sie ihr literarisches Schaffen zurück und wandte sich der Musik zu. Es entstanden mehrere Opernentwürfe.

1826 zog sie nach dem Tode ihres Vaters mit ihrer Mutter
25 und ihrer Schwester in das nahe Hülshoff gelegene Rüschhaus, welches von dem Barockbaumeister Johann Conrad Schlaun errichtet wurde. 1838 erschien durch Vermittlung des erblindeten Münsteraner Philosophiedozenten Christoph Bernhard Schlüter ihre erste Lyriksammlung „Ge-
30 dichte", aus Rücksicht auf ihre Mutter halb anonym unter dem Namen „Annette Elisabeth v. D.... H....". Diese war nämlich gar nicht damit einverstanden, dass ihre Tochter

Bücher veröffentlichte. Überhaupt fiel das Urteil ihrer Verwandten auf das Buch negativ aus: Sie habe sich mit dieser Veröffentlichung blamiert. Die Öffentlichkeit nahm allerdings kaum Notiz davon.

Angeregt durch Levin Schücking[1], der von Ferdinand Freiligrath das Buchprojekt „Das malerische und romantische Westphalen" (1841) übernommen hatte, plante Annette von Droste-Hülshoff ihrerseits nun einen groß angelegten Westfalenroman „Bei uns zu Lande". Ursprünglich sollte darin auch die „Judenbuche" integriert werden. In ihrer Prosa schrieb sie wirklichkeitsnahe Schilderungen und sprach auch Schattenseiten an (Alkoholmissbrauch, Verarmung, Kriminaldelikte). Der Zusammenarbeit und engen Freundschaft mit Schücking verdankte die Droste wichtige Verbindungen zum Literaturmarkt. Er vermittelte 1842 den Abdruck der „Judenbuche" im „Morgenblatt für gebildete Leser".

1841 zog Annette von Droste-Hülshoff auf die Meersburg am Bodensee, wo ihre Schwester Jenny nach ihrer Heirat mit Joseph von Laßberg seit 1838 lebte. Ihre dort verfassten Gedichte erschienen 1844 in ihrer zweiten Lyrikausgabe „Gedichte". Vom Honorar kaufte sie sich das idyllische, oberhalb Meersburg gelegene Fürstenhäusle mit eigenem Weingarten. Außer bei einem kleinen Kreis von Verehrern fand die Gedichtsammlung jedoch erneut nur geringe Resonanz. Bedingt durch ihre fortwährende Krankheit schrieb sie jetzt nur noch sporadisch. Durch Familienbesuche beansprucht verschlechterte sich ihre Gesundheit. Nachdem sie sich mit Schücking überworfen hatte, zog sie sich aus dem literarischen Leben zurück. Am 24. Mai 1848 starb Annette von Droste-Hülshoff auf der Meersburg.

Neben Gesundheitsproblemen und dem Mangel an Förderung trugen auch Standesschranken, Vorbehalte ihrer Verwandten gegen ihre Veröffentlichungen und familiäre Verpflichtungen (z. B. Krankenpflege und häufige Verwandtenbesuche) dazu bei, dass Annette von Droste-Hülshoff kein größeres Werk hinterließ.

---

[1] Sohn von Annettes Jugendfreundin Katharina Schücking

Zu Lebzeiten war sie fast unbekannt. Doch das hat sich geändert. Ihr heute bekanntestes Werk „Die Judenbuche" ist in alle Weltsprachen übersetzt und in mehreren Millionen Exemplaren verbreitet.

Aus: Freilichtbühne Bökendorf e. V. (Hrsg.). Sommer 1997. Die Judenbuche und sieben auf einen Streich. Programmheft. neusehland, Höxter 1997, S. 2 –23

Jenny von Droste-Hülshoff:
Bildnis der Schwester Annette
Aquarellminiatur um 1820.

Friedrich Hundt: Annette nach links schauend. Daguerreotypie, um 1845.

Horst-Dieter Krus:
Annette von Droste-Hülshoff und die Familie von Haxthausen

Annette von Droste-Hülshoff wurde am 10. Januar 1797 auf der Wasserburg Hülshoff bei Münster geboren. Sie war das zweite Kind von Clemens August von Droste-Hülshoff und seiner Frau Luise Therese geb. von Haxthausen. An-
5 nettes Mutter war die Tochter Werner Adolf von Haxthausens und dessen erster Frau Luise von Westphalen zu Heidelbeck. Werner Adolf von Haxthausen lebte auf Schloss Bökerhof bei Bökendorf, das heute zur Großgemeinde Brakel im ostwestfälischen Kreis Höxter gehört. Der
10 Großvater Annettes heiratete in zweiter Ehe Marianne von Wendt zu Papenhausen, mit der er 14 Kinder hatte. Das elfte dieser Kinder war August von Haxthausen, der sich später als Agrarhistoriker und Russlandkenner einen Namen machte.
15 Die Bindungen zwischen Annettes Mutter und der Bökendorfer Familie blieben eng. Auf Reisen zu ihrem Vater und ihrer Stiefmutter nahm sie auch Annette mit, die dabei intensive Beziehungen zu ihrer ostwestfälischen Verwandtschaft aufbaute und pflegte. Zwischen 1804 und 1845 be-
20 suchte Annette häufig ihre Großeltern auf dem Bökerhof und weilte mehrfach zu Sommeraufenthalten bei ihrem Stiefonkel Fritz von Haxthausen in dem drei Kilometer von Bökendorf entfernten Abbenburg, das ebenfalls zu den Sitzen der Freiherren von Haxthausen gehört.
25 Auf dem Bökerhof herrschte eine kulturell sehr anregende Atmosphäre. Märchen, Sagen und Volkslieder wurden gesammelt und erzählt bzw. gesungen. Es wurde gezeichnet, musiziert, gespielt und gewandert. Hier traf Annette so bedeutende Männer wie den Germanisten und Märchen-
30 sammler Wilhelm Grimm und dessen Bruder, den Zeichner Ludwig Emil Grimm, und ihre volkskundlich, literarisch und politisch sehr interessierten Stiefonkel Werner und August von Haxthausen. Die Droste begegnete auch den Dorfbewohnern, den Bauern und Tagelöhnern, und beob-
35 achtete sie und ihre Umwelt. Diese Beobachtungen waren als Grundlage zu einem Werk über Westfalen gedacht, das

die Droste plante und zu dem das *Sittengemälde aus dem gebirgigten Westfalen* – die *Judenbuche* – ein Beitrag sein sollte. Die Anregung zu ihrer Novelle bekam sie durch die lebendig erhaltene Tradition in der Familie von Haxthausen; denn ihr Großvater und Urgroßvater waren als Inhaber der Patrimonialgerichtsbarkeit einst mit dem realen Fall konfrontiert gewesen.

Aus: Horst-D. Krus: Mordsache Soistmann Berend. Zum historischen Hintergrund der Novelle „Die Judenbuche" von Annette von Droste-Hülshoff. Aschendorff Verlag, Münster 1990, S. 10–11

Ansicht des Bökerhofes um 1837.
(Foto: Westfälisches Landesmuseum für Kunst- und Kulturgeschichte Münster/ Westfalia Picta)

2. Der historische Hintergrund der Novelle

Horst-Dieter Krus:
Der Mordfall Soistmann Berend

Im August 1764 wurde in Bellersen Hermann Georg Winckelhan als dritter Sohn und viertes Kind eines kleinen Bauern geboren. Die Taufeintragung datiert vom 22. August 1764. Im Herbst 1782, als Winckelhan als Knecht
5 in Ovenhausen arbeitete, bezog er Stoff für ein Hemd bei dem dortigen Handelsjuden Soistmann Berend. Über den Kaufpreis kam es zum Streit, der am Morgen des 10. Februar 1783 vor dem für Bellersen zuständigen von Haxthausen'schen Patrimonialgericht auf Abbenburg ver-
10 handelt wurde. Soistmann Berend konnte die Rechtmäßigkeit seiner Forderung beweisen. Winckelhan unterlag und wurde zur Zahlung des vereinbarten Preises verurteilt. Die Niederlage erzeugte in ihm Rachegedanken.

Der Jude wanderte nach dem Gerichtstermin nach Bel-
15 lersen und dann nach Bökendorf und tätigte dort Geschäfte. Am späten Nachmittag dieses Tages machte er sich von Bökendorf aus auf den Rückweg nach Ovenhausen. An dem Ovenhausener Fußweg zwischen Joelskamp und Ostertal, zwei Waldrevieren zwischen Bökendorf und
20 Ovenhausen, lauerte ihm Winckelhan auf. Etwa 200 Meter vom Waldrand entfernt überfiel Winckelhan Soistmann und erschlug ihn mit einem Knüppel. Der Täter versteckte sich nach der Tat in seinem Elternhaus in Bellersen.

25 Zwei Tage später machte sich Jente, die Frau Soistmanns und Mutter zweier Söhne, auf den Weg nach Bökendorf um nach dem Verbleib ihres Mannes zu forschen. Durch eine Blutspur aufmerksam geworden fand sie die in ein Gebüsch gezerrte Leiche ihres Mannes. Da aufgrund der
30 Vorgeschichte der Tatverdacht sofort auf Winckelhan fiel, versuchte der Gerichtsherr ihn in Bellersen zu verhaften. Winckelhan konnte sich jedoch verstecken, sodass er nicht entdeckt wurde. In der Nacht gelang ihm die Flucht durch die Wälder nach Westen.

Von Bellersen aus floh Winckelhan nach Holland. Von dort muss er weiter in die französischsprachige Wallonie im heutigen Belgien gezogen sein, denn dort ließ er sich als Söldner in ein spanisches Regiment anwerben.

Als Soldat wurde Hermann Georg Winckelhan in Oran in Nordafrika stationiert. Von dort desertierte er (wahrscheinlich 1785) und begab sich mit der Hoffnung auf Freikauf oder Freilassung in algerische Sklaverei. Im Frühjahr 1788 erreichte den Paderborner Fürstbischof ein Brief des Sklaven Winckelhan, der ihn um die Gnade des Freikaufs bat. Winckelhan als mutmaßlicher Mörder hatte jedoch keinen Erfolg.

Winckelhan hatte zunächst Glück und stieg als Sklave in die Position des Haushofmeisters des Wesirs Hassan auf. Als aber Hassan in Ungnade fiel und am 26. Mai 1788 gehängt wurde, verfielen sein Besitz und damit auch seine Sklaven dem Staat. Als Staatssklave musste Winckelhan schwer arbeiten und wurde zum Krüppel.

Im August 1805 kaufte Jérôme, der Bruder des Kaisers Napoleon, in Algier 230 direkte oder indirekte französische Untertanen frei. Darunter befand sich auch der als Wallone (und damit seit 1795 als Franzose) betrachtete Hermann Georg Winckelhan.

Im April 1806 kehrte Winckelhan in seinen Heimatort Bellersen zurück. Eine Strafverfolgung fand nicht mehr statt. Den Sommer über schlug Winckelhan sich als Bettler durch und hielt sich besonders oft in den Driburger Kuranlagen auf, wo er den Gästen seine Lebensgeschichte erzählte.

Als die Kursaison beendet war, stand Winckelhan vor der Frage, wie er den Winter überstehen sollte. Werner Freiherr von Haxthausen (der Großvater der Droste), auf dessen Schloss Bökerhof Winckelhan gern als Knecht gedient hätte, wies ihn ab.

Winckelhan – von Zukunftsangst ergriffen – war verzweifelt. Zwei Tage irrte er im Raum Bökendorf-Bellersen-Holzhausen-Erwitzen herum. Auf der Glashütte Emde hatte er zuletzt Kontakt mit Menschen. Dann wanderte er in Richtung Bellersen. Im Kleinen Kiel, einem Waldstück an der heutigen Einmündung der Straße von Albrock in die

Ostwestfalenstraße, erhängte Winckelhan sich mit einer Pflugleine.

Am 18. September wurde Hermann Georg Winckelhan nach Ausweis der Kirchenbücher trotz seines Selbstmordes mit allen kirchlichen Ehren auf dem Friedhof an der Bellerser Kirche begraben. Dort ruhen an unbekannter Stelle seine Gebeine noch heute.

Aus: Freilichtbühne Bökendorf e. V. (Hrsg.). Sommer 1997. Die Judenbuche und sieben auf einen Streich. Programmheft. neusehland, Höxter 1997, S. 31–32

Bellersen: Oberdorf mit Kirche. In ihr wurde Hermann Georg Winckelhan getauft, in ihrem Schatten fand er seine letzte Ruhe.

August von Haxthausen:
Geschichte eines Algierer-Sklaven (Auszug)

*Während mehrerer Aufenthalte in den Jahren 1818–1820 bei
den Großeltern in Bökendorf erfuhr Annette von Droste Hülshoff etwas von dem Judenmord. Ihr Onkel August von Haxthausen hatte außerdem die historischen Ereignisse in seiner „Geschichte eines Algierer-Sklaven" verarbeitet. Dabei handelt es 5
sich um eine im Wesentlichen authentische Darstellung, die in
der Göttinger Zeitschrift „Wünschelrute" veröffentlicht wurde.
Im Folgenden ist ein Auszug daraus abgedruckt.*

Der Bauernvogt von *Ovenhausen* im Bistum Corvey hatte
im Herbst 1782 einen Knecht *Hermann Winkelhannes*, mit 10
dem er, weil es ein tüchtiger frischer Bursche, wohl zufrieden war. Dieser hatte bei dem Schutzjuden[1] *Pinnes* in *Vör-
den* Tuch zum Foerhemd (Camisol)[2] ausgenommen, und als
er wohl schon einige Zeit damit umhergegangen und der
Jude ihn nun an die Bezahlung mahnt, so leugnet er, ver- 15
drießlich, das schon etwas abgetragene und auch nicht
einmal gut ausgefallene Tuch noch teuer bezahlen zu müssen, jenem keck ab, so hoch mit ihm übereingekommen zu
sein, vielmehr habe er die Elle[3] zwei gute Groschen wohl-
feiler[4] accordiert[5], und nach manchem Hin- und Herreden 20
sagt er zuletzt: „Du verflogte Schinnerteven von Jauden,
du wust mi man bedreigen, eh ek di den halven Daler in
den Rachen smite, well ek mi leiver den kleinen Finger
med den Tännen afbiten, un wann de mi noch mal
kümmst, so schla ek di de Jacken so vull, dat du de Dage 25
dines Levens an mi gedenken sast."[6] Dem Juden bleibt also

---

[1] Jude mit Geleitbrief (Schutzbrief) des Landesherrn
[2] Teil der zeitgenössischen Alltagskleidung
[3] altes Längenmaß (ca. 60–80 cm)
[4] billiger
[5] ausgehandelt
[6] „Du verfluchter Ausbeuterhund von Jude, du willst mich nur be-
     trügen, eh ich dir den halben Taler in den Rachen schmeiße, will ich
     mir lieber den kleinen Finger mit den Zähnen abbeiße, und wenn
     du mir noch einmal (damit) kommst, so schlag ich dir die Jacke so
     voll, dass du dein Lebtag an mich denken sollst".

nichts anders übrig, als ihn beim H..schen[1] Gericht, der Gutsherrschaft *Hermanns*, zu verklagen. In der Zwischenzeit bis zum Gerichtstag hat sich dieser mit mehreren besprochen und ist ihm von den Bauern, da es gegen einen
5 Juden ging, geraten worden, es darauf ankommen zu lassen; wie denn sein eigener Brotherr sich später ein Gewissen daraus gemacht hat, dass er ihm damals gesagt habe: „Ei wat wust du denn dat bethalen, ek schlöge ja leiver den Jauden vörm Kopp, dat hei den Himmel vor'n Dudelsack
10 anseihe, et is ja man 'n Jaude!"[2]
Aber am Morgen des Gerichtstages beschwor der Jude sein Annotierbuch[3], und da er außerdem unbescholten war, ward ihm der volle Preis zugesprochen; da wollen Leute, die die Treppe heraufgingen, als Hermann von der
15 Gerichtsstube herunterkam, gehört haben, dass er gesagt: „Töf, ek will di kaltmaken!"[4] von welchen Worten ihnen das Verständnis erst nach dem Morde geworden.
Es war Abend geworden, als der Förster *Schmidts* quer übers Feld auf's Dorf zugehend den Hermann an der Rik-
20 ke[5] herauf nach dem Heilgen Geist Holz zugehen sieht, und glaubend, jener wolle noch spät Holz stehlen, ihm behutsam auf dem Fuß nachfolgt. Als er ihn aber nur einen Knüppel sich abschneiden sieht und die Zackäste davon abschlagen, so sagt er halb ärgerlich bei sich: „I wenn du
25 wieder nix wult häddest ase dat, so häddest du mi auk nich bruken dahenup to jagen"[6]; und die Flinte, die er auf den schlimmsten Fall zu schneller Bereitschaft unter den Arm genommen, wieder auf die Schulter hockend geht er langsam die Schlucht herunter nach dem Dorfe zu. Nahe
30 davor zwischen den Gärten begegnet ihm der Jude Pinnes

---

[1] Haxthausenschen
[2] „Ei was willst du denn das bezahlen, ich schlüge ja lieber den Juden vor den Kopf, sodass er den Himmel für einen Dudelsack ansieht, es ist ja nur 'n Jude!"
[3] Notizbuch
[4] „Warte, ich werde dich kaltmachen!"
[5] Umzäunung aus Holzstangen
[6] Wenn du weiter nichts gewollt hast als das, so hättest du mich auch nicht dort hinaufzujagen brauchen!"

und bittet für seine Pfeife um etwas Feuer, welches man auch keinem Juden abschlagen darf, und weil der Zunder[1] nicht gleich fangen will, so reden sie vom Handel und ob der Jud seine Fuchsfelle haben wolle, der aber: Er könne jetzt nicht wieder umkehren und sie besehen, er müsse nach Hause; „ja", sagte der Förster, ihm das Feuer auf die Pfeife legend, „wenn du noch na Huse wust, so mak dat du vor der Dunkelheit dörch't Holt kümmst, de Nacht meint et nich gut med den Minschen."[2]

Zwei Tage drauf des Nachmittags kommt die Frau des Schutzjuden Pinnes den Höxterschen Weg herunter ins Dorf, schreiend und heulend: Ihr Mann läge oben erschlagen im Heilgen Geist Holze; und während die Leute zusammen- stehen und es besprechen und einige den Weg heraufgehen, dem Holze zu, gibt sie es bei dem Gerichte an und erzählt unter Schluchzen, als vorgestern ihr Mann nicht gekommen, gestern nicht und auch heute Morgen nicht, habe sie sich aufgemacht, um hier im Dorfe zu fragen, welchen Weg er genommen, und als sie durchs Holz gekommen, sei auf ei- nem Fleck viel Blut gelegen und eine Spur davon habe ins nahe Gebüsch gewiesen, da sei sie neugierig gefolgt, mei- nend ein todwundes Wild sei da vielleicht hineingekrochen, da sei es ein Mensch gewesen, und ihr Mann, und tot!

Man bringt ihn auf einer Tragbahre ins Dorf. Er hatte sieb- zehn sichtbare Schläge mit einem Knüppel erhalten, aber keiner von sechsen auf den Hirnschädel gefallenen hatte diesen zersprengt, ohngeachtet sie so vollwichtig[3] gewe- sen, dass die Haut jedes Mal abgequetscht war. Nur einer ins Genick und ein paar in die Rippen waren ihm tödlich geworden. Die Haut in beiden Händen war abgeschält; (er hatte, wie sich später erwies, mehrmals krampfhaft den zackichten Prügel ergriffen, der Mörder ihm aber densel- ben mit aller Gewalt durch die Hände gerissen, dass die Haut daran geblieben).

---

[1] Zündstoff aus Feuerschwamm (Röhrenpilz)
[2] „ja ... wenn du noch nach Hause willst, so mach, dass du vor der Dunkelheit durch das Holz (den Wald) kommst, die Nacht meint es nicht gut mit den Menschen."
[3] gewichtig, hart

Der Förster Schmidts war mit unter denen gewesen, die
hinaufgegangen, und fand kaum 100 Schritt vor der Leiche
auf dem Wege nach Ovenhausen rechts am Graben den
blutigen Knüppel, der seine Gedanken auf Hermann leite-
te; dann kam beim Gericht die Erinnerung an den Prozess
und bald die Aussage jener, die gehört, dass Hermann unten an der Treppe gesagt: ek will di kaltmaken.

Da gab das Gericht Befehl ihn zu arretiren[1], und weil man
hörte, er sei seit ein paar Tagen nicht mehr beim Voigt in
Ovenhausen, sondern bei seinem Vater in Bellersen, so
setzte sich der Drost[2] Freiherr H..n selbst mit einem Reit-
knecht zu Pferde und ritt von der einen Seite ins Dorf,
während von der anderen Seite die Gerichtsdiener auf das
Haus des alten Winkelhannes zukamen. Der aber erzählte,
als man niemand fand, sein Sohn sei schon seit voriger
Nacht fort, er wisse nicht, wohin. Das war aber unwahr,
denn Hermann erzählte später selbst, er habe die Gerichtsdiener aufs Haus zukommen sehen, da sei er durchs
Fenster in den Garten gesprungen und habe sich in die Vi-
cebohnen[3] versteckt und habe das Suchen alles gehört,
wie es dann [bald nach dem Fortgehen der Gerichtsdie-
ner] still geworden, dann ein Paar am Gartenzaun sich begegnet und der eine gesagt: „Da häwwet se en!", worauf
der andere: „Ach wat willt se'n häwwen, de ist längest
öwer alle Berge! Wo sull he denn wal hen lopen sin? Ach
wat weit ek, na Ueßen, na Prüßen, na Duderstat hen."[4]

Der Jude lag indes auf der Totenbahre und seine Wunden
öffneten sich nicht mehr, um bei Vorführung des Mörders
zu bluten. Da kamen die Verwandten und Glaubensgenossen, ihn zum ehrlichen Begräbnis abzuholen, und während
der Rabbiner ihn in den Sarg legen und auf den Wagen la-
den lässt, stehen der Bruder und ein paar andre Juden

---

[1]   verhaften
[2]   Vorsteher eines Verwaltungsbezirks (Drostei)
[3]   Bohnensorte (Veitsbohne)
[4]   Da haben sie ihn! ... Ach, wie sollen sie den haben, der ist längst
      über alle Berge! Wo soll er denn wohl hingelaufen sein? Ach, was
      weiß ich, nach „Ueßen" (Kröten: Schimpfwort für Preußen), nach
      Preußen, nach Duderstadt hin (Redensart für eine weite Flucht).

beim Drosten H..n und bitten ihn nach einiger Einleitung,
„se hatten 'ne grause[1] Bitte an er Gnoden[2]". – „Nun und
worin besteht die?", wendet der Drost ein. „Er Gnoden
müssen's uns aber nich vor übelnehmen, da is der Baum,
wo unser Bruder bei erschlagen, da wöllten mer se bitten, 5
ob se uns erlauben wollten, in den Baum unsre Zeichen
'neinzuschneiden, mir wollens gerne bezohlen, fordern er
Gnoden nur, wasse davor haben wollen." – „O, das tut in
Gottes Namen, soviel ihr nur wollt!" – „Nu mer wollen
allen Schaden ersetzen, verkaufen se uns den Baum." – 10
„Ach was, schreibt daran, was ihr Lust habt, das tut dem
Baum weiter nichts. Aber was wollt ihr denn dreinschnei-
den, dürft ihr das nicht sagen?", fragte der Drost zurück.
„Ach, wenn er Gnoden es nich vor übelnehmen wollten,
da ist unser Rabbiner, der soll da unsere hebräischen Zei- 15
chen 'neinschneiden, dass der Mörder, den unser Gott finden werd, keines rechten Daudes sterben soll."

Auf den folgenden Seiten wird das weitere Schicksal des Entflohe-
nen in Einzelheiten beschrieben. Im April 1806 kehrt Winckelhan
in seinen Heimatort Bellersen zurück. Die Geschichte August von 20
Haxthausens endet so:

Im Spätherbst kam er noch einmal zu dem Drost H..n und
auf dessen Frage, da er nach erholtem Almosen noch
stehen bleibt, ob er noch was Besonders wollte, klagt er
erst nochmals seine Not und bittet zuletzt flehentlich, ob 25
ihn der Drost nicht könne ganz zu sich nehmen, er wollte
ja gern all die kleine Arbeit eines Hausknechts tun; das
schlug dieser ihm aber rund ab, aus dem unangenehmen
Gefühl, einen vorsätzlichen Mörder unter dem Dache zu
haben. 30
Als zwei Tage darauf der Domherr Carl H..n früh auf die
Jagd ging, kommt er über die Stoppeln an dem Pflüger
Kerkhoff aus Bellersen vorbei, der ihm erzählt, sie hätten
vor einer Stunde den Algierer im Kiel an einem Baum han-
gen gefunden. Da hat der Drost die Gemeindevorsteher zu 35
sich kommen lassen und sie gebeten, dem Menschen, über

---

[1] große
[2] Euer Gnaden

dem ein ungeheueres Unglück am Himmel gestanden, nun auch ein ehrliches Begräbnis zu geben und ihn nicht, wie sonst Selbstmördern geschieht, in der Dachtraufe[1] oder hinter der Kirchhofs-Mauer einzuscharren, welches sie 5 auch versprochen und gehalten haben.

Erst nach 8 Tagen führten die einzelnen Fäden über seine letzte Geschichte und seinen Tod zu einem Knoten, der wie sein Schicksal selbst, das ihn überall an den unsichtbaren Fäden hielt, in seinem Tod gelöst ward.

10 Spätabends an dem Tage, als er von dem Droste jene abschlägige Antwort erhalten, pocht er in Holzhausen, 2 Stunden weiter, heftig an die Türe des ersten Hauses am Wege rechts, und als ihm aufgemacht und er gefragt wird, was er wolle, stürzt er leichenblass und in furchtbarer Angst ins 15 Haus und bittet um Gottes und aller Heiligen Willen, ihn die Nacht bei sich zu behalten; und auf die Frage, was ihm denn in aller Welt widerfahren, erzählt er, wie er übers Holz gekommen, habe ihn eine große lange Frau eingeholt und ihn gezwungen, ein schweres Bund Dörner[2] zu tragen 20 und ihn angetrieben, wenn er stillgestanden, da hätten sich die Dörner ihm alle ins Fleisch gedrückt und er hätte an zu laufen gefangen und sei so keuchend in großer Angst vor's Dorf gekommen, da sei die Frau fort gewesen, und sie möchten ihn nur die Nacht behalten, er wolle den andern 25 Tag wieder nach Hause. Früh fortgegangen ist er gegen Mittag auf die Glaserhütte zur Emde gekommen, wo er oft Almosen erhalten, und hat um ein Glas Branntewein gebeten, und als er getrunken, um noch eins, da ist ihm auch das dritte gegeben worden, worauf er gesagt, nun wolle er 30 nach Hause. Wie er aber an den Kiel gekommen, nicht weit von der Stelle, wo er vor 24 Jahren die Schuhe zur Wallfahrt ausgezogen, da hat er eine Leine von einem nahen Pflug genommen und sich damit an einem Baum gehenkt und zwar so niedrig, dass er mit den Füßen das Herbstlaub 35 unter sich weggescharret hat.

Als ihm einst der Drost die Geschichte mit dem Baum und den Zeichen, die die Juden dareingeschnitten, erzählt,

---

[1] Abwasserrinne
[2] dorniges Holz

und wie sie bedeuteten, dass er keines rechten Todes sterben solle, hat er geantwortet: „O, dat sull ek doch nich denken, ek häwwe doch so lange davör Buße daen un häwwe vaste an minen Gloven halen, asse se meck överreen wullen, en abtoschwören."[1]

So hat der Mensch 17 Jahre ungebeugt und ohne Verzweiflung die härteste Sklaverei des Leibes und Geistes ertragen, aber die Freiheit und volle Straflosigkeit hat er nicht ertragen dürfen. Er musste sein Schicksal erfüllen, und weil Blut für Blut, Leben für Leben eingesetzt ist, ihn aber menschliches Gesetz nicht mehr erreichte, hat er, nachdem er lange Jahre fern umhergeschweift, wieder durch des Geschicks geheimnisvolle Gewalt zu dem Kreis, Ort und Boden des Verbrechens zurückgebannt, dort sich *selbst* Gerechtigkeit geübt.

Zwei Jahre nach seinem Tode ist jener Baum, worein die Juden ihre dunklen Zeichen geschnitten, umgehauen worden. Die Rinde aber hatte diese in den langen Jahren herausgewachsen, dass man ihre Form und Gestaltung nicht mehr erkennen konnte."

Die Orte des historischen Geschehens

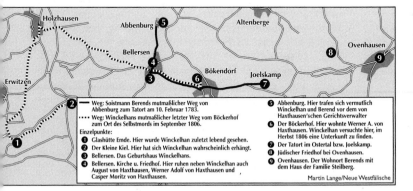

Weg: Soistmann Berends mutmaßlicher Weg von Abbenburg zum Tatort am 10. Februar 1783.

···· Weg: Winckelhans mutmaßlicher letzter Weg vom Böckerhof zum Ort des Selbstmords im September 1806.

Einzelpunkte:

❶ Glashütte Emde. Hier wurde Winckelhan zuletzt lebend gesehen.

❷ Der Kleine Kiel. Hier hat sich Winckelhan wahrscheinlich erhängt.

❸ Bellersen. Das Geburtshaus Winckelhans.

❹ Bellersen. Kirche u. Friedhof. Hier ruhen neben Winckelhan auch August von Haxthausen, Werner Adolf von Haxthausen und Casper Moritz von Haxthausen.

❺ Abbenburg. Hier trafen sich vermutlich Winckelhan und Berend vor dem von Haxthausen'schen Gerichtsverwalter

❻ Der Böckerhof. Hier wohnte Werner A. von Haxthausen. Winckelhan versuchte hier, im Herbst 1806 eine Unterkunft zu finden.

❼ Der Tatort im Ostertal bzw. Joelskamp.

❽ Jüdischer Friedhof bei Ovenhausen.

❾ Ovenhausen. Der Wohnort Berends mit dem Haus der Familie Steilberg.

Martin Lange/Neue Westfälische

---

[1] „O, das soll er doch nicht denken, ich habe doch so lange dafür Buße getan und an meinem Glauben festgehalten, als sie mich überreden wollten, ihn abzuschwören."

3. Veröffentlichung und Verbreitung

Heinz Rölleke/Horst-Dieter Krus: Veröffentlichung und Verbreitung der Novelle

Annette von Droste-Hülshoffs Novelle *Die Judenbuche* wurde zuerst im Jahre 1842 in 16 Fortsetzungen im bei Cotta in Stuttgart erscheinenden „Morgenblatt für gebildete Leser" veröffentlicht. Den Titel *Die Judenbuche* gab
5 Hermann Hauff, der Redakteur des „Morgenblattes", der Novelle. Die von der Droste gewählte Überschrift *Ein Sittengemälde aus dem gebirgigten Westphalen* blieb als Untertitel bestehen.
Die Erstveröffentlichung wurde von der Literaturkritik
10 kaum beachtet; lediglich in einem Blatt wurde sie besprochen. Noch im gleichen Jahr erschien allerdings ein Nachdruck im „Westfälischen Anzeiger", der die Novelle im westfälischen Raum bekannt machte. Ihre positive Aufnahme bei Fachleuten und Publikum vermochte jedoch nicht
15 zu verhindern, dass sie zunächst in Vergessenheit geriet. Erst über zehn Jahre nach dem Tode der Droste wurde die *Judenbuche* erneut und nun erstmals zusammenhängend in den von Levin Schücking 1859 herausgegebenen „Letzten Gaben" gedruckt.
20 Den wesentlichen Schritt zur Verbreitung der Novelle stellte aber die 1876 erfolgte Aufnahme in den „Deutschen Novellenschatz" von Heyse und Kurz dar. Nun folgten immer wieder Einzelausgaben, die in Deutschland im Laufe der Zeit eine Gesamtauflage von mehreren Millio-
25 nen Exemplaren erreichten. Übersetzungen in neun Sprachen machten die *Judenbuche* auch im Ausland bekannt.

Aus: Heinz Rölleke: Annette von Droste-Hülshoff: Die Judenbuche. (Commentatio Bd. 1) Frankfurt/M. 1972, S. 62ff; zitiert nach: Horst-D. Krus, Mordsache Soistmann Berend. Zum historischen Hintergrund der Novelle „Die Judenbuche" von Annette von Droste-Hülshoff. Aschendorff Verlag, Münster 1990, S. 14–15

4. Zum Begriff der Novelle

Lexikonauszug

Novelle. Das lateinische Wort novella bedeutet „Neuerung in einem Gesetz". Daraus leitet sich italienisch „novella" ab, das eine Erzählung als Neuheit bezeichnet. In der Tat wird in einer Novelle eine, nach Goethe, „sich ereignete, unerhörte Begebenheit" dargestellt. Meist geht es darum, wie das Schicksal eines Menschen in einer schwierigen Lage, in einer inneren oder äußeren Krise eine Änderung erfährt und plötzlich eine neue Wende nimmt.

Oft bezieht sich dabei die Handlung auf einen Gegenstand, an dem sich der Einfluss des Schicksals besonders deutlich zeigt und spiegelt. Diesen Gegenstand nennt man auch den „Falken" einer Novelle, weil in einer Novelle des Boccaccio die Liebesgeschichte eines Mannes durch einen Falken eine glückliche Wendung nimmt. In der bekannten *Judenbuche* von Annette von Droste-Hülshoff spielt die Rolle des „Falken", also des Gegenstandes, in dem sich das Schicksal sozusagen „verdichtet", die im Titel genannte Buche.

Die Form der Novelle soll knapp und straff sein und auf den Höhepunkt der Erzählung, den Wendepunkt, hinzielen. Insofern ist sie mit der Anekdote verwandt, hat aber auch Ähnlichkeit mit dem Drama, das ja ebenfalls straff zum Höhepunkt der Handlung hinstrebt und kurz ausklingt. Es ist deshalb kein Zufall, dass William Shakespeare (England) manchmal Novellen als Grundlage für seine Dramen verwendet hat. Novellen sind seit der Antike bekannt, aber erst mit der Renaissance wurden sie zu einem festen literarischen Begriff. Den ersten Höhepunkt erlebte die Novelle in der Sammlung von Erzählungen, die der italienische Dichter Giovanni Boccaccio zwischen 1348 und 1353 unter dem Titel *Decamerone* herausgab (Italien). Hier erzählt sich eine Gruppe, von Menschen, die vor der Pest aus Florenz geflohen ist, an zehn Tagen reihum interessante Geschichten, um sich die Zeit zu vertreiben. Die Unterhaltungen der Leute bilden dabei den „Rahmen", in den die Novellen eingebettet sind.

In der Romantik wurden die Novellen Boccaccios wegen ihrer Behandlung des „Unerhörten" und ihrer stofflichen Vielseitigkeit wiederentdeckt. Als Erster nahm Goethe in den *Unterhaltungen deutscher Ausgewanderten* (1795) das
5 Thema (Flucht) und den Aufbau (Geschichten in einer Rahmenhandlung) des *Decamerone* auf. Zwar gebrauchte er darin den Begriff „Novelle" noch nicht, schuf aber doch typische Novellen „sittlich-beispielhafter" Art. Später schrieb er (1827) ein Musterstück dieser Gattung in sei-
10 ner *Novelle*, in der die Zähmung eines wilden Tieres durch „frommen Sinn und Melodie" geschildert wird.
Schicksals- und Entscheidungsnovellen schrieb Heinrich von Kleist, so in der *Verlobung von San Domingo* und im *Michael Kohlhaas*. Bekannt sind auch die oft das Wunderbare
15 und Unheimliche streifenden Novellen von E. T. A. Hoffmann, z. B. *Das Fräulein von Scuderi, Das Majorat, Die Bergwerke von Falun* oder die zu einer der Vorlagen zu Richard Wagners *Meistersinger* gewordene Novelle *Meister Martin der Küfner.*
20 Weitere wichtige Novellendichter sind: Jeremias Gotthelf (*Die schwarze Spinne*), Eduard Mörike (*Mozart auf der Reise nach Prag*), C. F. Meyer (*Der Heilige, Plautus im Nonnenkloster, Der Schuss von der Kanzel*). Ebenso bedeutend als Novellendichter ist Gottfried Keller, von dem so bekannte
25 Novellen wie *Romeo und Julia auf dem Dorfe* oder *Das Fähnlein der sieben Aufrechten* oder *Kleider machen Leute* stammen.
In unserem Jahrhundert tritt die Novelle etwas zurück, doch finden sich auch hier hervorragende Beispiele wie
30 der *Tod in Venedig* und *Mario und der Zauberer* von Thomas Mann oder *Bahnwärter Thiel* von Gerhart Hauptmann. Auch Werner Bergengruen, Stefan Andres und Gertrud von Le Fort sind als bedeutende Novellendichter hervorgetreten.

Aus: dtv junior Literatur-Lexikon. Herausgegeben von Heinrich Pleticha. Cornelsen Verlag und Deutscher Taschenbuch Verlag, Berlin, München 1996, S. 63–64

5. Eine Charakterisierung verfassen – Tipps und Techniken

Annette von Droste-Hülshoffs Novelle trägt den Untertitel „Ein Sittengemälde aus dem gebirgigten Westfalen". Keineswegs ist damit eine idyllische Schilderung gemeint, die Autorin zeichnet vielmehr ein kritisches Bild der Gesellschaft. Von besonderem Interesse ist dabei die Art und Weise, wie sich die Menschen in dieser Gesellschaft verhalten, welche Prägungen sie erfahren und wie sich ihre individuellen Charaktere entwickeln. Margret und Hermann Mergel, Friedrich, Johannes Niemand und vor allem auch Simon Semmler sind in diesem Zusammenhang von besonderem Interesse.

Die Charakterisierung einer literarischen Figur ist das Ergebnis einer genauen Beschreibung und Deutung der Textvorlage.

Dabei können folgende Teilgesichtspunkte berücksichtigt werden:

- Welche Bedeutung hat die Figur für das Geschehen (Hauptfigur, Nebenfigur ...)?
- Erfährt der Leser etwas über die äußere Erscheinung, über Alter, Beruf und soziale Stellung?
- Welche Gewohnheiten, Einstellungen und Verhaltensweisen der Person, die „charakteristisch" (bezeichnend und wesensgemäß) sind, werden im Text deutlich?
- Wie wird die Person von anderen eingeschätzt?
- Welche Beziehung besteht zwischen der zu charakterisierenden Person und anderen Handlungsträgern des Textes? Nimmt die Person in besonderer Weise Einfluss auf die Lebensgestaltung anderer Personen oder ist sie dem Einfluss durch andere in besonderer Weise ausgesetzt?
- Welche Veränderungen, Entwicklungen im Äußeren und in Wesenszügen der Person werden im Text verdeutlicht? Diese Frage ist besonders bei längeren Texten, die einen größeren Zeitraum umspannen, von Bedeutung.

Aussagen zur Charakterisierung einer literarischen Figur stellen vielfach Deutungen dar, die durch den Text belegt

werden müssen. Das gilt auch für die Kennzeichnung von äußeren Merkmalen, die auf größere Zusammenhänge verweisen. Wichtig ist es also, mit Zitaten zu arbeiten und sprachliche Besonderheiten zu benennen. Dazu gehören
5 auch besondere Sprechweisen, Gesten usw., die von der Autorin oder dem Autor hervorgehoben werden. Wichtig ist, dass bei der Darstellung nicht so sehr der Inhalt der Textvorlage im Mittelpunkt steht, sondern die tatsächliche Charakterisierung der Figur.

10 Folgende Arbeitsschritte bieten sich für die Erstellung einer Charakterisierung an:

- Entsprechende Stellen sollten zunächst im Text markiert und am Rand mit Stichworten versehen werden.
- Anschließend sollte eine Sichtung des Materials erfolgen,
15 indem zum Beispiel die Fragen oben stichwortartig beantwortet werden.
- Im nächsten Schritt wird nun der Aufbau der Charakterisierung festgelegt und die Schlüssigkeit des Aufbaus überprüft. Auch hier können die Fragen oben hilfreich
20 sein.
- Nun erfolgt das Verfassen der Charakterisierung. Der aufgeschriebene Text sollte auch äußerlich durch Absätze gegliedert und somit leserfreundlich gestaltet sein.